AF196141

Rächet euch selber nicht, meine Liebsten, sondern gebet Raum dem Zorn Gottes; denn es steht geschrieben: "Die Rache ist mein; ich will vergelten, spricht der Herr."

Römer 12:19

Volker Jochim

...des die Rache ist

Kommissar Mareks fünfter Fall

Kriminalroman

© 2017 Volker Jochim
Umschlag, Illustration: trediton,
Volker Jochim (Foto)

Verlag: tredition GmbH, Hamburg

1. Auflage

ISBN
Paperback   978-3-7345-9057-3
Hardcover   978-3-7345-9058-0
e-Book   978-3-7345-9059-7

Printed in Germany

1

Es war Mitte Mai, die Sonne schien aus einem fast wolkenlosen, blauen Himmel und das Thermometer zeigte schon knapp fünfundzwanzig Grad. Von den nahegelegenen Bergen wehte eine erfrischende Brise durch die Stadt. Das Leben in Belluno ging seinen normalen Gang und die arbeitende Bevölkerung bereitete sich langsam auf die Mittagspause vor.

Vor der *Banca Popolare Friuladria* in der Via Vittorio Veneto hielt ein dunkelgrauer Fiat Tipo zwischen den Bäumen am Straßenrand. Ein älteres Ehepaar eilte vorüber und schenkte dem Wagen keine Beachtung. Kurz darauf, ein paar Minuten vor zwölf Uhr, war die Straße wie ausgestorben. Vier junge Männer stiegen aus. Sie waren alle komplett in schwarz gekleidet. Schwarze Jeans und schwarze Lederjacken. Die Fahrerin, eine junge Frau mit kurzen, braunen Haaren, blieb im Wagen sitzen. Die Männer sahen sich kurz um, dann gingen sie auf die Bank zu. Zwei postierten sich rechts und links des Eingangs, die anderen beiden gingen hinein. Dabei zogen sie sich Strumpfmasken über das Gesicht. Der Kassenraum war völlig leer. Der Filialleiter und seine beiden Angestellten wollten gerade schließen und zum Mittagessen gehen.

„Geld her, sofort, sonst schießen wir!", brüllten die Männer und fuchtelten mit ihren Pistolen herum.

„Keine Dummheiten, dann passiert auch keinem was! Wir wollen nur das Geld."

Während einer den Filialleiter und einen Angestellten zwang den Tresor zu öffnen, ging der andere zur Kassiererin und ließ sich das Bargeld in eine Sporttasche packen. Kurz zuvor gelang es der Frau jedoch noch unbemerkt den Alarmknopf zu drücken.

Ein Streifenwagen der Polizia di Stato rollte langsam heran und hielt in der Nähe der Bank an. Zwei Polizisten stiegen aus, zogen ihre Waffen und näherten sich im Schutz der Bäume, die dort die Straße säumten.

„Zwei stehen am Eingang. Wie viele sich in der Bank befinden, wissen wir nicht. Schickt besser noch einen Wagen."

„Verstanden", krächzte es aus dem Funkgerät.

In diesem Moment wurden die Polizisten von einem der Männer, die den Eingang bewachten, entdeckt und er verlor die Nerven.

„Die Bullen!", brüllte er, zog eine Pistole aus der Jacke und schoss.

Einer der Polizisten brach zusammen. Eine Kugel hatte ihn ins Bein, eine zweite in den rechten Unterarm getroffen. Die Männer in der Bank hörten die Schüsse, sahen sich kurz an und rannten mit dem, was sie bisher erbeutet hatten nach draußen.

„Hör auf zu schießen, du Idiot! Los, zum Auto!"

In diesem Moment kam ein zweiter Polizeiwagen mit Sirene und Blaulicht und die Vier mussten mit ansehen, wie ihr Fluchtfahrzeug mit Vollgas, aber ohne sie davon fuhr.

„Verdammte Scheiße, diese blöde Kuh!"

„Los, hier hinter die Ecke!"

In diesem Moment eröffneten die Polizisten das Feuer und einer der Vier schrie auf, fiel zu Boden und fasste sich an seine getroffene Schulter. Die Waffe hielt er trotzdem noch krampfhaft umklammert.

„Holt mich hier raus", rief er, doch es hörte keiner mehr. Seine Komplizen waren mit der Beute durch die kleine Gasse neben der Bank zur Viale Medaglie D'Oro gelangt und unerkannt entkommen. Als er seine Lage erkannte, heulte er vor Wut und Schmerzen auf.

„Ich muss hier weg", war sein einziger Gedanke.

Einer der Polizisten hatte seine Deckung verlassen und näherte sich langsam. Der Mann nahm die Pistole in die andere Hand und feuerte das Magazin leer. Dabei erhob er sich, vor Schmerzen stöhnend, und rannte ebenfalls in die Gasse, durch die auch schon seine Komplizen verschwunden waren.

Zwei Kugeln hatten den Polizisten getroffen. Eine davon in den Kopf. Sein Kollege hatte schon den Notarztwagen gerufen, nun orderte er einen Hubschrauber und Suchhunde. Einer der beiden unverletzten Polizisten kümmerte sich um die angeschossenen Kollegen, während der andere sich vorsichtig der Gasse näherte, in welche die Täter geflohen waren. Auch wurde vorsichtshalber die Fahndung nach einem dunkelgrauen Fiat Tipo eingeleitet, der sich so schnell vom Ort des Überfalls entfernt hatte. Es bestand ja immerhin die Möglichkeit, dass er dazu gehörte. Das Kennzeichen hatte sich in der Aufregung aber niemand gemerkt. Solche Gewaltverbrechen war man hier auch nicht gewohnt. Sie gehörten glücklicherweise nicht zum Alltag.

„Sie werden mich hier entlang der Hauptstraße und der Bahngleise suchen", dachte der Mann und schlug einen Bogen zurück. Misstrauische Blicke von Passanten verfolgten ihn. Er hatte bereits viel Blut verloren und als seine Kräfte endgültig schwanden, brach er vor der *Chiesa San Giovanni Bosco* zusammen. Padre Giuseppe Petrucci, der den Vorfall zufällig beobachtet hatte, eilte herbei und brachte den Verletzten in die Kirche. In einem Nebenraum der Sakristei stand eine Liege, auf die er den jungen

Mann legte. Dann brachte er ihm ein Glas Wasser und rief einen befreundeten Arzt an.

„Keinen Arzt", flüsterte der Mann.

„Sie habe viel Blut verloren, mein Freund. Wenn Sie überleben wollen, muss sich das ein Arzt ansehen. Sie sind hier in der Kirche und im Hause Gottes kann Ihnen nichts passieren."

Der Mann war zu schwach um zu diskutieren, so ließ er den Priester gewähren und schlief völlig erschöpft ein.

***

Die Großfahndung hatte keinen Erfolg gebracht. Die Bankräuber blieben mit ihrer Beute verschwunden. Die Hunde hatten die Spur eines der Flüchtigen bis zur *Chiesa San Giovanni Bosco* verfolgt. Dort blieben sie stehen und bellten. Der Hundeführer verständigte den Einsatzleiter, der sofort einen Wagen schickte. Der Padre, dem der Trubel natürlich nicht verborgen geblieben war, eilte aus der Kirche. Die Hunde hatten sich mittlerweile beruhigt.

„*Scusi Padre*, ist hier in den letzten Minuten ein verletzter Mann vorbeigekommen? Er muss stark geblutet haben."

Der Priester schüttelte den Kopf.

„Nein, hier ist niemand vorbeigekommen, der Ihrer Beschreibung entspricht. Tut mir leid. Was ist denn geschehen?"

„Ein Banküberfall. Zwei Polizisten wurden verletzt. Einer schwebt in Lebensgefahr. Die Täter konnten flüchten und einer von ihnen ist verletzt."

Padre Petrucci bekreuzigte sich. Er überlegte kurz, ob er wegen eines Verbrechers gelogen hatte, aber genau genommen entsprach es der Wahrheit, was er sagte. Vorbeigekommen ist der junge Mann ja nicht, er lag vor seiner Kirche. Wenn er wieder bei Kräften war, würde er aber ein ernstes Wort mit ihm wechseln müssen. Bis dahin wollte er ihm jedenfalls Kirchenasyl gewähren.

2

Sechsundzwanzig Jahre später

Marek hatte sich entschieden zu bleiben. Trotz Fast Food- und Dönerläden, trotz der zunehmenden Zahl chinesischer Geschäfte mit Billigklamotten, trotz des Spielkasinos. Und auch trotz der Tatsache, dass es die *Bar Roma* in ein paar Monaten nicht mehr geben sollte, da der Hausbesitzer sich mehr Mieteinnahmen von einer Nobelboutique und einem Laden für Touristenkitsch versprach.

Wie hätte er auch Silvana überzeugen sollen, mit ihm zurück nach Deutschland zu gehen? Sie hätte ihren Job hier beim *Gazzettino* ohnehin niemals aufgegeben. Da sie der deutschen Sprache nicht mächtig war, hätte sie dort auch keine adäquate Stelle bekommen. Das konnte er nicht von ihr verlangen.

„Jeder hatte eine zweite Chance verdient", dachte er, „warum nicht auch Caorle?"

Ein neues Stammcafé, in dem er sich wohlfühlte, ließe sich bestimmt auch finden.

Vielleicht überlegte es sich das Städtchen, ob es italienisch bleiben, oder europäisch multikulti werden will. Er hoffte, dass ersteres der Fall sein würde.

Europa – das war in Mareks Weltbild ohnehin nur ein Kontinent und kein Lebensstil. Jedes Land hatte seine eigene Geschichte, seine eigene Kultur, seine eigene Art zu leben. Deshalb war er ja hierher gezogen. Weil ihm die Charakteristik, die Art zu leben hier besser gefiel. Er hoffte inständig, dass die Italiener sich das bewahren konnten und nicht im europäischen Mischmasch auf- und damit untergingen.

Und überhaupt hatte er sich ja nicht früher pensionieren lassen und war hierher gezogen, um nach nicht einmal zwei Jahren wieder zu gehen.

Marek saß am Küchentisch bei weit geöffnetem Fenster. Der Sommer hatte schon Einzug gehalten und die Temperaturen kletterten bereits am Vormittag weit über die zwanzig Grad. Seine Küche war nach Osten ausgerichtet und so war es morgens noch recht angenehm. Gelegentlich wehte ein laues Lüftchen durch das offene Fenster.

Er trank einen Schluck Caffè, stopfte sich den Rest eines mit Vanillecreme gefüllten Cornettos in den Mund und schlug die Zeitung auf. Das Flüchtlingsdrama vor der Küste von Lampedusa, einer kleinen Insel zwischen Tunesien und Sizilien, war das alles beherrschende Thema auf den ersten Seiten. Ein seeuntaugliches Schlauchboot, was mit schätzungsweise fünfzig bis sechzig afrikanischen Flüchtlingen auch noch hoffnungslos überladen war, ist kurz vor Erreichen der rettenden Küste gekentert. Als die Rettungskräfte die Unglücksstelle erreichten, konnten sie nur noch ein Dutzend Menschen lebend aus dem Wasser bergen, die das Glück hatten, sich an irgendetwas festhalten zu können. Die Politiker nahmen das Unglück zum Anlass, ihre unterschiedlichen Auffassungen zur Flüchtlingsfrage im Allgemeinen über die Medien zu diskutieren. Während die Linken der Meinung waren, es gäbe hier nichts zu diskutieren, sondern man müsse den Menschen uneingeschränkt helfen, waren die rechten Nationalisten der Meinung, man solle die Grenzen schließen und Lampedusa wäre der ideale Vorposten, um die Flüchtlinge vom Festland fernzuhalten. Von den Parteien der Mitte gab es wie gewöhnlich nur ein ja, aber…

Marek selbst wusste auch nicht so recht, was er davon halten sollte. Natürlich musste man den Menschen helfen und konnte sie nicht einfach absaufen lassen. Andererseits war Italien schon mit illegalen Einwanderern aus Afrika überschwemmt, die als Wirtschaftsflüchtlinge von kriminellen Banden ins Land gebracht und als Verkäufer gefälschter Markenartikel missbraucht wurden. Wie man es auch drehte, es waren so oder so alles arme Schweine.

Vielleicht sollten sich die Europäischen Regierungen einmal dazu durchringen, die Gelder der Entwicklungshilfe von der Verbesserung der wirtschaftlichen Lage der jeweiligen Durchschnittsbevölkerung abhängig zu machen. Damit könnte man zumindest den Strom der Wirtschaftsflüchtlinge eindämmen. Bislang versickern die Gelder ja wohl eher in den Taschen der Regierungsmitglieder und beim hungernden Volk kommt nichts an.

Marek faltete die Zeitung zusammen, steckte sich eine Zigarette an und sah aus dem Fenster. Das Leben ging wieder seinen normalen Gang. Von dem grausamen Verbrechen, das die Stadt vor gerade einmal sechs Wochen in Aufruhr versetzt hatte, sprach kaum noch jemand. Die Gerichte stritten noch darüber, wo der Prozess gegen den deutschen Arzt und seine Frau stattfinden sollte, aber dies war den Zeitungen auch nur noch eine Randnotiz wert.

Marek trank seinen Caffè aus und erhob sich seufzend. Es war Zeit für seinen morgendlichen Spaziergang und bei dieser Gelegenheit konnte er gleich noch etwas für das Abendessen einkaufen.

Auf dem Vorplatz der *Chiesa Santa Margherita*, an der Piazzale E. Falcetta, stand eine große, schwarze Limousine. Sonst war niemand zu sehen und die

Tore der Kirche waren geschlossen.

Als Marek auf die Viale Santa Margherita einbog, wimmelte es bereits von sonnenhungrigen Touristen, die, nachdem sie die Frühstücksbuffets in ihren Hotels geplündert hatten, auf dem Weg zum Strand waren. Diese sommerliche Invasion war eine der Kröten, die er schlucken musste, wenn er hier leben wollte. Den Einheimischen erging es ja auch nicht anders.

Als er den Supermarkt betrat, umfing ihn zuerst der köstliche Duft nach frischem Obst und Gemüse, der ein paar Schritte weiter von dem der Pasticceria abgelöst wurde. Hier konnte er natürlich nicht widerstehen und erstand ein Pfund *Cannoli*, die er sich zu seinem Caffè am Nachmittag schmecken lassen wollte. Für das Abendessen kaufte er noch zwei dünne Kalbsschnitzel, die er mit *Mortadella* und *Prosciutto di Parma* füllen würde. Außerdem besorgte er sich noch ein paar Tomaten und einen frischen Salat, sowie eine Flasche Raboso.

Gut gelaunt machte sich Marek mit seinen Einkäufen auf den Heimweg.

Der Platz vor der *Chiesa Santa Margherita* war jetzt leer, die schwarze Limousine verschwunden. Nur die mittlere Türe der Kirche stand jetzt offen.

Als Marek gerade den Platz überquerte, hörte er

einen fast unmenschlichen Schrei und dieser Schrei kam aus der Kirche. Sofort rannte er samt seiner Einkaufstüte los. Als er die Kirche betrat, musste er sich erst kurz an die Dunkelheit gewöhnen. Der Unterschied vom grellen Sonnenlicht zu dem Dunkel dieses sakralen Raums war schon enorm.

Im Mittelgang, ein Stück weiter vorne, lag eine Gestalt auf dem Boden. Marek stellte seine Einkäufe ab und sah sich kurz um. Die Gestalt war eine ältere Frau, die dort zusammengesunken auf der Erde lag. Ihren Puls konnte er wahrnehmen, wenn auch nur sehr schwach. Die Frau war ohnmächtig, aber offenbar nicht verletzt. Hatte sie so geschrien? Wenn ja, warum? Er klopfte ihr leicht auf die Wangen bis ein leises Stöhnen zu vernehmen war. Als er sich erhob um einen Krankenwagen zu rufen, sah er weiter vorne, direkt vor dem Altar, noch eine Gestalt auf dem Boden liegen. Die Gestalt war ein Mann in einem schwarzen Anzug mit Priesterkragen und der Mann war tot.

„Verdammte Scheiße!", fluchte Marek, „Was ist denn hier passiert?"

Der Mann lag auf dem Bauch, der Kopf dem Altar zugewandt, die Beine gestreckt und die Arme im rechten Winkel zum Körper abgespreizt. Marek hatte das einmal im Fernsehen gesehen, wie angehende

Priester bei ihrer Weihe so auf dem Boden lagen. Nur der hier war wohl schon Priester und auch etwas älter. Außerdem lag er in einer großen, sich immer weiter ausbreitenden Blutlache, verursacht durch eine klaffende Wunde an der rechten Schläfe.

Marek wollte einen Rettungswagen rufen, hatte aber wohl sein Handy auf dem Küchentisch vergessen. Er rannte hinaus. Das helle Pflaster des Platzes reflektierte das gleisende Sonnenlicht. Er musste kurz stehen bleiben und die Hand schützend vor die Augen halten. Es waren keine hundert Meter bis zu seiner Wohnung. Aus Richtung Via Isarco kam ein Mädchen in zerrissenen Jeans und wirren Haaren, das ohne nach vorne zu sehen auf ihrem Smartphone herumtippte. Marek rannte auf sie zu.

„Ich brauch mal bitte das Telefon. Es ist ein Notfall."

„Hau ab, Mann!", sagte das Mädchen auf Deutsch und ging einfach weiter.

Er ging hinterher und wiederholte seine Bitte ebenfalls auf Deutsch, aber wieder ohne Erfolg. Sie tippte einfach weiter und ließ ihn stehen. Marek stieg die Zornesröte ins Gesicht. Er riss dieser blasierten Göre das Handy aus der Hand und rief, begleitet von wütenden und unflätigen Schimpftiraden des Mädchens, seinen Freund Michele Ghetti von den örtlichen Carabinieri an.

„*Ciao Michele.* Komm schnell zur *Chiesa Santa Margherita* und bring die Spurensicherung und den Notarzt mit."

Während er mit der einen Hand das Telefon hielt, musste er ständig mit der anderen Hand den tobenden Teenager abwehren.

„Ein Priester wurde wohl in der Kirche ermordet. Eine alte Frau hat ihn gefunden und ist in Ohnmacht gefallen."

„*Santa Maria*! Wir kommen sofort."

Marek gab dem Mädchen das Handy zurück.

„Scheiße! Jetzt hab ich bestimmt 'ne Message verpasst", maulte sie nur und wandte sich zum Gehen.

„Das war ein Notfall."

„Aber nicht meiner", meinte sie schnippisch und ging weiter.

„Trotzdem herzlichen Dank", murmelte er. „Deine Kinder werden uns hoffentlich rächen, wenn sie so werden wie du."

Marek setzte sich auf die Stufen vor der Kirche und wartete. Seine Zigaretten hatte er dummerweise nicht dabei, aber er konnte jetzt auch nicht weg. Also wartete er geduldig. Ein paar Minuten später waren die Sirenen der nahenden Polizeiwagen zu hören.

***

Während sich der Notarzt um die alte Frau kümmerte, die immer noch unter Schock stand, gingen Marek und Ghetti zu dem Toten mit dem Priesterkragen. Die Blutlache war mittlerweile ins Stocken geraten.

„Mein Gott", stammelte Ghetti.

„Der konnte ihm wohl auch nicht helfen."

„Das ist Padre Mondolo, der Pfarrer dieser Gemeinde. Wer bringt denn einen Priester um?"

„Na ja", meinte Marek, „ein Zufall war es jedenfalls nicht. Deine religiösen Gefühle in allen Ehren, aber auch Priester haben gelegentlich dunkle Flecken auf ihrer weißen Weste."

„Wie meinst du das?"

„Na, sieh doch mal, wie der da liegt. Der wurde so drapiert, nachdem man ihm den Schädel eingeschlagen hat. Der Schlag wurde mit enormer Wucht ausgeführt. Da steckte eine große Portion Wut dahinter."

„Dann kann ich ja wieder gehen, wenn ihr schon alles wisst."

Dottore Lovati, der Pathologe des Ospedale Civile in Portogruaro, war unbemerkt hinter sie getreten.

„*Buon giorno, Dottore*. Wir wollten Ihnen natürlich nicht vorgreifen."

Lovati trat seine Zigarettenkippe einfach auf dem Kirchenboden aus und steckte sich gleich eine neue an.

„Dann wollen wir mal", meinte der Dottore und begann mit der Untersuchung der Leiche.

Ghetti wurde es übel. Der Geruch nach Weihrauch und Kerzen, dazu die übel zugerichtete Leiche des Priesters, das viele Blut. Er musste an die Luft.

„Michele", rief Marek ihm nach, „sieh zu, dass du die Personalien der Frau bekommst, bevor der Notarzt mit ihr verschwindet. Wir brauchen ihre Aussage. Sie ist die einzige Zeugin."

Ghetti hob nur schwach den Arm und trottete davon.

„Helfen Sie mir mal bitte den Kerl herumzudrehen?"

„Sicher Dottore."

„Der hat wohl den Leibhaftigen gesehen", meinte Lovati, als sie den Toten auf den Rücken gelegt hatten. Die Augen waren weit aufgerissen und starrten voller Entsetzen an die Decke.

„Was meinen Sie, Dottore?"

Lovati erhob sich und steckte sich die nächste Zigarette an.

„Länger als ein bis maximal zwei Stunden ist er noch nicht tot. Er wurde mit einem schweren Gegenstand an der rechten Schläfe getroffen. Nur ein Schlag, der sofort tödlich war. Das Schläfenbein ist völlig zertrümmert. Habt ihr die Tatwaffe?"

„Nein, ich habe nichts gesehen. Ich frage die Jungs der Spurensicherung, ob die etwas gefunden haben."

Zwischenzeitlich war auch Ghetti wieder zurückgekommen, hielt sich aber etwas abseits.

„Die haben auch nichts gefunden", meinte Marek, „Nach was suchen wir?"

„Einen schweren, stumpfen Gegenstand, wahrscheinlich aus Metall, der etwas abgerundet sein könnte. Zumindest sieht die Wunde so aus. Genauer kann ich es aber erst sagen, wenn er bei mir auf dem Tisch liegt."

Marek blickte sich um.

„Könnte es vielleicht so ein Kerzenständer gewesen sein?", fragte er und zeigte dabei auf den Altar. „Da scheint auch einer zu fehlen. Rechts stehen zwei und links nur einer."

„Könnte gut möglich sein. Michele, hol mir doch mal bitte so einen Leuchter."

„Dottore, das ist doch der Altar. Da kann ich doch nicht einfach…"

„Das hier ist im Moment keine Kirche, sondern ein verdammter Tatort!", unterbrach ihn Lovati und zeigte auf die Leiche. „Und der hier hat sowieso nichts mehr dagegen."

Der junge Maresciallo seufzte und brachte dem

Dottore einen der Kerzenleuchter. Lovati kniete sich neben den Kopf des Toten und hielt den Fuß des Leuchters an die Wunde.

„Mit ziemlicher Sicherheit, Commissario. Hat mich gefreut, Sie einmal wieder zu sehen, auch wenn die Anlässe immer die gleichen sind. Ciao, Michele. Sieh zu, dass ich den bald auf meinem Tisch habe."

***

„Was machen wir nun?", fragte Ghetti, nachdem Dottore Lovati und die Leute der Spurensicherung gegangen waren und die Leiche abgeholt wurde.

„Was machst *du* nun?", korrigierte Marek.

„Machst du nicht mit?", wunderte sich Ghetti. „Ich dachte, weil du hier vor Ort…"

„Das war purer Zufall. Ich kam gerade vom Einkaufen, als ich den Schrei hörte. Meine Tüte steht noch irgendwo dahinten im Gang."

„Du willst mich damit alleine lassen?"

„Ich hatte es Silvana versprochen, das weißt du doch."

„Ja, aber bei der Sache mit dem deutschen Arzt hast du doch auch mitgeholfen."

„Anfänglich wollte ich das ja nicht, aber Silvana hatte mich von dem Versprechen entbunden, weil es um ein kleines Kind ging."
Ghetti ließ den Kopf hängen.

„Du schaffst das schon, Michele. Außerdem bin ich ja nicht aus der Welt, falls du mal einen Rat brauchen solltest. Ach, und bevor ich es vergesse, als ich zum Einkaufen bin, stand draußen vor der Kirche ein schwarzer Mercedes. S-Klasse, glaube ich. Auf das Kennzeichen habe ich nicht geachtet. Die Kirchentüren waren alle geschlossen. Als ich wieder zurückkam, war der Wagen nicht mehr da und die mittlere Tür stand offen. Das muss nichts bedeuten, aber du solltest es wissen."

3

Marek verstaute Fleisch, Wurst und Käse im Kühlschrank, nahm sich ein *Cannolo* aus der Packung und rief Silvana an.

Silvana Rafaeli war Journalistin beim *Gazzettino* und sie war mehr als seine Freundin. Sie war quasi seine Lebensgefährtin seit er in Caorle lebte, obwohl sie getrennte Wohnungen hatten. Aber vielleicht war gerade dieser Umstand das Geheimnis, warum ihre Beziehung so lange hielt.

Er erreichte sie in der Redaktion.

„Ciao Roberto, was gibt's? Ich hab nicht viel Zeit."

„Oh, nichts Besonderes. Es wurde nur der Pfarrer von Santa Margherita ermordet. Aber ich will dich nicht weiter aufhalten."

„Was?", brüllte Silvana ins Telefon. „Padre Mondolo wurde ermordet? Und du sagst auch noch das wäre nichts Besonderes?"

Marek musste schmunzeln. Er konnte sich genau vorstellen, wie sie von ihrem Schreibtisch aufgesprungen war und nervös mit den Fingern durch ihre schwarze Lockenpracht fuhr.

„Du sagtest doch, du hättest keine Zeit."

„*Stupido!* Du weißt genau, dass ich für solch eine

Story immer Zeit habe. Also erzähl mir schon was passiert ist. Davon lebe ich schließlich."

Marek berichtete ausführlich, was sich zugetragen hatte. Nur die Sache mit dem schwarzen Mercedes ließ er vorsorglich weg. Falls diese Tatsache bei den Ermittlungen von Relevanz sein sollte, wäre es nicht gerade von Vorteil, wenn es schon in der Zeitung stehen würde.

„Und, habt ihr schon eine Spur?", fragte Silvana, als er seinen Bericht beendet hatte.

„Wieso *ihr*?", fragte er scheinheilig. „Ich habe doch damit nichts zu tun. Das hatte ich dir doch versprochen. Das war nur Zufall, dass ich da hinein gestolpert bin. Fünf Minuten früher und ich wäre schon zu Hause gewesen."

Es entstand eine längere Pause.

„Silvana? Bist du noch da?"

„Ja, ja, ich dachte nur …"

Marek war gespannt, was jetzt kam. Eigentlich wusste er es schon, aber er wollte es explizit von ihr persönlich hören.

„… ich dachte nur, du könntest vielleicht ein Ohr bei den Ermittlungen haben, oder?"

„Na gut, wie du meinst *cara*. *Ciao*."

Nach Mareks Interpretation war er nun hochoffiziell von seinem Versprechen entbunden. Er rieb sich die Hände, setzte die Caffettiera auf den Herd und nahm sich noch ein *Cannolo*. Dann rief er Ghetti an.

„Wusste ich doch, dass du bei so einem makabren Fall nicht nur zusehen kannst", freute sich der Maresciallo. „Dottore Lovati hat angedeutet, dass wir morgen Mittag erste Ergebnisse erwarten könnten. Ich hole dich gegen elf Uhr ab."

„Gut, bis dahin kann ich ohnehin nichts tun, aber du könntest alles zusammentragen, was es über diesen Priester gibt. Am besten bis zu seiner Schulzeit. Irgendwo darin muss das Motiv liegen. Eine Tat im Affekt war das ja wohl eher nicht und um Geld oder Eifersucht wird es ja bei einem Priester auch nicht gegangen sein. Obwohl letzteres…"

„Roberto!", rief Ghetti entsetzt. „Ich sehe zu, was ich machen kann. *Ciao*."

Marek steckte sich eine Zigarette an und trank seinen Caffè.

Wer brachte einen Priester um, dazu noch in seiner Kirche und drapierte ihn so vor dem Altar? Raubmord, oder aus dem Ruder gelaufene Beschaffungskriminalität konnte man ausschließen. Dann hätte der Täter zumindest die silbernen Kerzenleuchter vom Altar mitgenommen, oder den Sammelkasten für die Spenden aufgebrochen. Die Ergebnisse der Obduktion werden sicher nichts Erleuchtendes bringen. Er musste wohl abwarten, was Ghetti über das Opfer in Erfahrung bringen würde. Aber nur rumsitzen und warten wollte er auch nicht, da konnte er sich noch einmal den Tatort genauer ansehen. Er drückte die Zigarette aus und ging hinüber zur Kirche. Der Platz war abgesperrt und die Kirchentüren versiegelt. Davor stand ein Brigadiere der Carabinieri als Wachposten und vor der Absperrung standen immer noch einige Neugierige in kleinen Gruppen und diskutierten aufgeregt über das, was sie vermeintlich von dem Verbrechen mitbekommen haben wollten. Als Marek sich unter dem Absperrband hindurch bückte und den Platz betrat, wurde es augenblicklich still. Das ist doch der Mann, der dort hinten wohnt. Wieso darf der auf den Platz?

Als der Brigadiere Marek erkannte, salutierte er und nahm Haltung an.

„Sie können ruhig bequem stehen, Kollege", lächelte Marek, der dieses militärische Gehabe nicht ausstehen konnte und stellte sich neben ihn.

Als die Leute sahen, dass der Polizist den Mann begrüßte und sich mit ihm unterhielt, nahmen auch sie ihre Unterhaltung wieder auf.

Marek hatte mit Genehmigung des Brigadiere das Siegel geöffnet und die Kirche betreten. Vor dem Altar waren die mit Kreide gezeichneten Umrisse des

Toten zu sehen. Die Blutlache war mittlerweile eingetrocknet. Sonst gab es absolut nichts, was ihm weitergeholfen hätte. Er ging wieder nach draußen und hielt die Hand vor die Augen, um sich vor dem gleißenden Sonnenlicht zu schützen. Dabei fielen ihm schwarze Streifen auf dem hellen Belag des Platzes auf. Sie begannen direkt vor der Treppe und beschrieben einen Bogen in Richtung Straße, bevor sie plötzlich endeten. Er ging hinunter ums sich die Sache genauer anzusehen. Es waren eindeutig Reifenspuren. Da gab es keinen Zweifel. Marek lief zurück in seine Wohnung, steckte sich eine Zigarette an, ging in sein Arbeitszimmer und wählte Ghettis Nummer.

„Ciao Michele, weißt du, ob die Spurensicherung die Reifenspuren vor der Kirche untersucht hat?"

„Welche Reifenspuren?"

„Sag ich doch gerade, die, direkt vor der Kirche. Genau da, wo der Mercedes stand. Der muss richtig Gas gegeben haben und das macht mich dann doch etwas stutzig, zumal das ja kein Parkplatz für Kirchenbesucher ist."

„Die sind uns nicht aufgefallen. Ich schicke gleich noch einmal jemanden hin."

„Gut, vielleicht kommt ja etwas dabei heraus. Dann bis morgen."

***

Marek legte seine Kalbsschnitzel zwischen zwei Stück Haushaltsfolie und klopfte sie vorsichtig noch etwas dünner. Er würzte sie mit etwas Meersalz, frisch gemahlenem schwarzen Pfeffer und etwas Oregano. Dann belegte er die Schnitzel mit jeweils einer Scheibe *Prosciutto di Parma* und *Mortadella*, rollte sie vorsichtig wie Rouladen zusammen und briet sie in duftendem Olivenöl goldgelb an. Dann nahm er die Pfanne vom Herd, löschte den Bratenfond mit einem Schuss Grappa ab, gab ein Glas Rotwein dazu und ließ es kurz aufkochen. Zuletzt rundete er die Soße mit etwas Sahne und einer Prise Salz ab. Dazu bereitete er sich einen Salat mit Rucola, Tomaten und süßen Zwiebeln, schnitt sich ein paar Scheiben Ciabatta ab und setzte sich damit vor den Fernseher. Während er es sich schmecken ließ, sah er sich die Abendnachrichten auf *Rete Veneta* an. Der Mord an dem Priester war natürlich das beherrschende Thema. Es wurde spekuliert, was wohl der Hintergrund dieser Tragödie gewesen sein könnte und befragte Passanten gaben die wildesten Theorien zum Besten. Marek schaltete um auf *Televenezia*. Dort lief gerade ein Interview mit Monsignore Enrico Forsacco, dem Sekretär des Patriarchen von Venedig, der sich völlig erschüttert zeigte. Die Kirche habe nicht nur einen engagierten Seelsorger verloren, sondern er persönlich auch einen wunderbaren Kollegen und einen lieben Freund.

Marek hatte genug. Er schaltete den Fernseher aus, steckte sich eine Zigarette an und brachte sein Geschirr in die Küche, als Ghetti anrief.

„Ich wollte dir nur mitteilen, dass die Untersuchung der Reifenspuren, nicht viel gebracht hat. Das einzige, was man fast mit Bestimmtheit sagen kann ist, dass es 225er Reifen waren. Es kann also durchaus sein, dass sie von dem schwarzen Wagen stammen, den du gesehen hast."

„Danke, Michele. War einen Versuch wert. Wir sehen uns morgen."

Marek stöberte durch seine Bücherregale und zog schließlich *Die Wörter* von Jean Paul Sartre heraus. Mit diesem großartigen Werk, dass in seiner Jugendzeit Kultstatus besaß, machte er es sich in seinem Sessel bequem und las bis spät in die Nacht.

***

Marek blinzelte in die grelle Morgensonne, die ihm mitten ins Gesicht schien. Er hatte wohl am Abend vergessen die Rollläden herunter zu lassen. Mürrisch schob er die Beine über die Bettkante, streckte sich kurz und erhob sich. Müde schlurfte er in die Küche und trank einen Schluck Wasser, um den pelzigen Geschmack im Mund los zu werden. Dann befüllte er die Caffeettiera, stellte sie auf den Herd und öffnete das Fenster. Es war erst kurz nach acht Uhr und das Außenthermometer zeigte schon fünfundzwanzig Grad. Der Himmel war wolkenlos und strahlend blau. Es versprach wieder ein heißer Tag zu werden.

Marek schenkte sich eine Tasse Caffè ein, rührte einen Löffel Zucker hinein und steckte sich eine Zigarette an. Er dachte an den ermordeten Priester. Wer tut so etwas und warum? Die Obduktion würde wahrscheinlich auch keine Bahnbrechenden Erkenntnisse liefern können.

Nachdem er seinen Caffè getrunken und die Zigarette ausgedrückt hatte, nahm er eine ausgiebige Dusche, die seine Lebensgeister weckte, und kleidete sich an. Bis Ghetti ihn abholen kam, hatte er noch ausreichend Zeit um zu frühstücken. Er beschloss ins *Roma* zu gehen, was er ja nicht mehr allzu lange tun konnte, da die Bar im Oktober schließen musste. Dort bestellte er sich seinen obligatorischen Cappuccino mit zwei gefüllten *Cornetti* und plauderte etwas mit Luca, dem Besitzer.

„Habt ihr schon eine Spur?", wollte Luca wissen. „Der arme Padre Mondolo. Wer bringt denn einen Priester um?"

„Luca! Das hat mich Michele gestern auch schon gefragt. Was ist denn an so einem Priester anders? Das ist unter seinem schwarzen Kittel auch nur ein Mensch wie alle anderen. Warum also soll ein Mörder statt einer Putzfrau, oder eines Kassierers nicht auch einen Priester umbringen?"

„Du versündigst dich, Roberto", meinte Luca erschrocken und bekreuzigte sich.

„Tut mir leid, aber ich wollte dir nur verdeutlichen, dass es so einem Mörder scheißegal ist, wen er letztendlich umbringt."

Marek selbst hatte sich ja die Frage auch gestellt, aber er wollte partout nicht akzeptieren, dass ein Priester etwas Besonderes sein soll. Dass er über anderen Menschen steht.

Auf dem Rückweg kaufte er sich noch den *Gazzettino* und wartete dann auf Ghetti, während er am Küchentisch die Zeitung las. Pünktlich um elf Uhr hielt der blaue Alfa vor dem Haus. Marek faltete die Zeitung zusammen und ging hinunter.

„*Ciao Michele*. Gibt's etwas Neues?"

„Nein, leider nicht. Wir haben die ganze Nachbarschaft befragt, aber keiner hat etwas gesehen, oder gehört. Eine Frau aus der Via Isarco, hier gleich um die Ecke, konnte sich an ein schwarzes Auto erinnern, das sie sah, als sie zum Einkaufen ging. Mehr wusste sie auch nicht. Nur, dass es ein schwarzes Auto war."

„Mal abwarten, was der Dottore für uns hat. Viel kann es ja nicht sein."

„Capitano Mambretti hat mich heute Morgen zu sich bestellt und mir mitgeteilt, dass sich alle möglichen geistlichen Würdenträger bei ihm gemeldet hätten und eine schnelle Aufklärung verlangten. Sogar der Patriarch von Venedig war dabei."

„Die Herren Würdenträger haben leicht reden. Die sollen sich um ihren Scheiß kümmern."

Ghetti war entsetzt darüber, wie sein Freund über Geistliche sprach, aber er schwieg vorsichtshalber, um ihn nicht noch wütender zu machen.

„Ach, ich soll dich auch von ihm grüßen."

„Von wem?"

„Na, von Capitano Mambretti. Er lässt fragen, ob du eventuell Lust hättest zu seiner Feier zu kommen. Nur ein kleiner Umtrunk."

„Was denn für eine Feier? Hat er Geburtstag?"

„Entschuldigung. Hatte ich vergessen dir zu sagen. Er wird befördert. Ab nächstem Monat ist er Maggiore."

„Da gratuliere ich doch. Klar komme ich. Wann soll das sein?"

„Nächste Woche am Freitag."

„Sag mal, zwischen Maresciallo und Maggiore gibt es doch bestimmt noch ein paar andere Dienstgrade, oder?"

„Ja, sicher. Da sind noch vier Unteroffiziersgrade und drei Offiziersgrade dazwischen. Warum?"

„Da könnten sie dich doch gleich mit befördern."

„Ich bin ja nicht einmal ein Jahr Maresciallo", lachte Ghetti, „das wird noch dauern."

***

Als sie im Ospedale Civile in Portogruaro die Stufen zur Pathologie hinab stiegen, hielt sich Ghetti wie immer im Hintergrund. Diese kalten Räume, die Toten und diesen Geruch nach Reinigungsmitteln und Formalin konnte er nicht ertragen. An der Tür zum Seziersaal wurden sie bereits von Dottore Lovati erwartet, der sie, mit seiner unvermeidlichen Zigarette zwischen den Lippen, freundlich begrüßte.

„*Buon giorno, Commissario*, Michele, nur herein spaziert."

„*Buon giorno, Dottore*, was haben Sie denn schönes für uns?"

Lovati warf seine Kippe auf den Boden und steckte sich gleich die nächste Zigarette an.

„Ich fürchte nicht sehr viel. Todesursache war eindeutig der Schlag auf den Schädel. Das Schläfenbein ist völlig zertrümmert. Der Schlag wurde mit enormer Wucht ausgeführt. Da muss jemand einen großen Hass gegen den Mann gehabt haben. Der Todeszeitpunkt war, wie schon gesagt, etwa eine Stunde, bevor er gefunden wurde, eher weniger. Die Tatwaffe war eindeutig einer dieser Kerzenleuchter. Ich habe in der Wunde Spuren vom Silberüberzug gefunden. Die Leuchter sind aus versilbertem Messing. Ich hatte mir diesen hier für den Vergleich ausgeliehen. Den kann Michele wieder zurückbringen. Mehr kann ich leider nicht für euch tun."

„Das ist doch schon mal etwas für den Anfang", meinte Marek, der ohnehin nicht viel erwartet hatte. „Ach, sagen Sie Dottore, kam der Schlag von vorne, oder von hinten?"

„Eindeutig von vorne."

„Na, da haben wir doch noch etwas."

„Was denn?", fragte Ghetti irritiert.

„Wenn der Schlag von vorne kam und beim Opfer die rechte Schläfe zertrümmert wurde, war der Täter mit großer Wahrscheinlichkeit Linkshänder. Außerdem müssen sich Opfer und Täter am Altar gegenüber gestanden haben, was ja nicht so alltäglich ist. Vielleicht kannten sie sich sogar."

„Würde ich auch so sehen", pflichtete Lovati bei, „und da ist noch etwas, was ich bei einem Priester für nicht alltäglich halte."

„Sie machen mich neugierig. Was denn?"

„Er hat an beiden Oberarmen und am rechten Unterarm Tätowierungen. Die hat man zwar versucht zu entfernen, aber ziemlich stümperhaft. Ich versuche sie zu rekonstruieren, aber versprechen kann ich nichts."

„Vielen Dank, Dottore. Sie haben uns wie immer sehr geholfen."

„Bis zum nächsten Mal. Bei Ihnen werde ich wohl nie arbeitslos", lachte Lovati und verabschiedete sich von seinen Besuchern. „Ach, und vergiss den Leuchter nicht, Michele."

***

„Das bringt uns jetzt auch nicht gerade viel weiter", meinte Ghetti enttäuscht, als sie wieder zurück nach Caorle fuhren.

„Nein, nicht sehr viel. Versuch so viel wie möglich über diesen Padre herauszufinden. Wo kommt er her? Seine Familie, Schulzeit, Ausbildung, was hat er früher gemacht? Das ganze Programm."

„Da bin ich ja dran, aber ich muss behutsam vorgehen. Ich kann doch nicht…"

„Michele, jetzt vergiss einfach, dass er ein Priester war", unterbrach ihn Marek. „Für uns ist er ein Mordopfer und sonst nichts."

Nachdem Ghetti ihn zu Hause abgesetzt hatte, rief

Marek Silvana an und verabredete sich mit ihr zum Abendessen in *ihrer* Trattoria.

***

„Was kannst du uns heute empfehlen, Rosa?"

„Ich mache euch eine schöne Platte *antipasti di mare* und danach vielleicht gegrillte Doraden? Sind ganz frisch."

„Klingt wunderbar und dazu bitte eine Flasche Verduzzo."

„Und, seid ihr schon weitergekommen?", fragte Silvana gleich, nachdem Rosangela Ricetto, die Padrona, gegangen war.

„Nein, nicht viel. Es steht fest, dass der Padre mit einem der Kerzenleuchter vom Altar erschlagen wurde. Lovati sagt, dass der Schlag mit enormer Wucht ausgeführt wurde und sofort tödlich war. Ich habe dir doch erzählt, dass ich vom Einkaufen kam, als ich die Frau in der Kirche schreien hörte. Etwa eine halbe Stunde vorher, als ich zum Supermarkt ging, stand ein schwarzer Wagen, ich glaube ein Mercedes, vor der Kirche. Später war er weg, aber ich habe Reifenspuren gefunden. Der muss es also sehr eilig gehabt haben. Leider konnte die Spurensicherung nicht viel damit anfangen."

„Du meinst, der Mörder ist mit dem Mercedes vorgefahren um Padre Mondolo umzubringen?"

39

„Ich glaube nicht, dass der Mord geplant war. So blöd kann ja keiner sein und sein Auto, für jeden gut sichtbar, vor den Tatort zu stellen. Nein, ich glaube eher, dass etwas anderes dahinter steckt."

„Und was sollte das deiner Meinung nach sein?", fragte Rosa Ricetto entrüstet.

Gerade hatte sie die *antipasti* gebracht und dabei den Inhalt des Gesprächs mitbekommen.

„Das kann nur der Teufel persönlich gewesen sein!", meinte sie empört, bekreuzigte sich dreimal und verschwand wieder in der Küche.

„Ja, was sollte das deiner Meinung nach sein?", nahm Silvana den Faden wieder auf.

„Wenn ich das wüsste, wären wir ein ganzes Stück weiter. Ich habe halt nur so ein Gefühl. Hinter diesem Schlag mit dem Leuchter steckte eine gehörige Portion Wut. Es könnte durchaus ein Racheakt gewesen sein."

„Roberto! Ein Racheakt an einem Priester! Wieso um alles in der Welt sollte sich jemand an einem Priester rächen wollen?"

„Keine Ahnung. Vielleicht hat jemandem die Predigt nicht gefallen."

„Roberto, jetzt bleib mal bitte ernst."

Michele durchforstet den Lebenslauf des Padres. Vielleicht findet sich da ein Anhaltspunkt. Du kanntest ihn doch. Wie lange war er denn hier schon Pfarrer?"

„So gut kannte ich ihn nun auch nicht. Man hat halt miteinander gesprochen. Ich denke, er war bestimmt seit zehn Jahren hier, aber das kann ich dir morgen genau sagen."

„Ah, da kommen ja die Doraden. Rosa, du hast dich wieder selbst übertroffen."

***

Später, nach Caffè und Grappa, schlenderten sie Arm in Arm die Via Pineda entlang bis zur Viale Falconera. Vor Silvanas Haus verabschiedeten sie sich. Sie musste sehr früh am nächsten Morgen in die Redaktion.

Marek ging zurück zur Strandpromenade und setzte sich auf eine Bank. Er steckte sich eine Zigarette an, lehnte sich zurück und streckte die Beine aus. Die Nacht war warm und sternenklar. Leise brachen sich die Wellen am Strand.

Je länger er über diesen seltsamen Mord nachdachte, umso fester war seine Überzeugung, dass der Hintergrund dieser Tat in der Vergangenheit des Priesters zu suchen war. Er war gespannt darauf, was Ghetti zu berichten hatte, doch bis dahin konnte er ohnehin nichts tun. Also entspannte er sich und hörte dem Flüstern der Wellen zu.

4

Am nächsten Morgen wachte Marek schon relativ früh auf, doch er fühlte sich frisch und ausgeschlafen. Er ging in die Küche, trank einen Schluck Wasser, setzte die Caffettiera auf den Herd und öffnete das Fenster. Es würde wohl wieder ein sonniger und heißer Tag zu werden; zumindest war keine Wolke am Himmel zu sehen.

Marek steckte sich eine Zigarette an und trank einen Schluck Caffè. In diesem Moment rief Dottore Lovati an.

„*Buon giorno, Commissario*. Ich hoffe, ich habe Sie nicht geweckt."

„*Buon gorno, Dottore*. Nein, ich bin heute ausnahmsweise schon etwas früher auf den Beinen. Ich nehme an, Sie haben etwas für uns?"

„So ist es. Ich habe einen Teil der Tätowierungen rekonstruieren können."

„Da bin ich gespannt. Wie haben Sie das so schnell hinbekommen?"

„Es hat mir keine Ruhe gelassen und so habe ich die halbe Nacht damit verbracht. Am rechten Oberarm hatte er mit großer Sicherheit einen Totenkopf tätowiert. Die Tätowierung am linken Oberarm konnte ich nicht nachvollziehen, dafür aber die auf dem rechten Unterarm. Hierbei handelt es sich um einen Teufelskopf mit Hörnern. Zwischen den Hörnern steht die Zahl Dreizehn."

„Was soll das denn bedeuten?"

„Na ja, die Dreizehn ist allgemein als Synonym für den Teufel bekannt. Passt doch zu einem Priester." Lovati musste heftig über seinen eigenen Witz lachen, bis er anfing zu husten.

„Aber ernsthaft, die Dreizehn ist als Todeszahl bekannt. Beim Tarot ist sie *la morte*, der Todeskarte zugeordnet. Jetzt seid ihr dran."

„Vielen Dank, Dottore. Könnten Sie bitte eine Skizze an Michele schicken?"

„Schon geschehen. *Ciao, Commissario.*"

Marek musste das Gehörte erst einmal sacken lassen. Was hatte das nun zu bedeuten? Bedeutete es überhaupt irgendetwas? Vielleicht waren es Jugendsünden des Padre, die er später bereute und laienhaft versuchte zu entfernen. Wie er es auch betrachtete, es war nur ein weiterer kleiner Mosaikstein in diesem Fall, dessen Hintergründe ihm noch verborgen blieben. Das Leuten seines Telefons riss ihn aus seinen Überlegungen.

„*Ciao Roberto.* Weißt du, was mir Dottore Lovati gerade geschickt hat?", fragte Ghetti aufgeregt.

„Ja, wir haben vorhin telefoniert."

„Und, was sagst du?"

„Das Einzige, was mir im Moment dazu einfällt ist, dass der Padre wohl eine wilde Vergangenheit hatte. Alles Weitere wäre spekulativ. Vielleicht kann uns das später noch helfen. Aber wo wir gerade bei der Vergangenheit sind, hast du schon etwas über das Vorleben des Priesters herausgefunden?"

„Bin noch dabei. Das ist nicht so einfach."

„Gut, dann melde dich, wenn du etwas hast. *Ciao Michele*."

***

Marek hatte beschlossen sein Frühstück wieder im Roma einzunehmen und so saß er bei seinem obligatorischen Cappuccino und gefüllten *Cornetti* und sah dem Treiben auf der Piazza Sant' Antonio zu.

Gerade hatte er sich das letzte Stück seines Hörnchens in den Mund gestopft, als Luca auftauchte und sich zu ihm setzte.

„Habt ihr inzwischen schon was herausgefunden?", fragte er leise, und sah sich verschwörerisch dabei um. Als ob irgendwer sich für ihre Unterhaltung interessieren würde.

Marek steckte sich eine Zigarette an, bevor er antwortete.

„Nein, leider nicht, aber du kennst doch hier alles

und jeden. Weißt du zufällig, wie lange Padre Mondolo hier in Caorle war? Silvana meinte es wären etwa zehn Jahre."

Luca kratzte sich am Kinn und überlegte.

„Ja, das kommt ungefähr hin. Als der alte Pfarrer gestorben ist, kam direkt Padre Mondolo. Warum?"

„Nur so. Wir müssen alles über ihn wissen, um ein mögliches Motiv zu finden."

Luca erhob sich.

„Ich hoffe, ihr findet das Schwein."

Marek trank seinen Cappuccino aus und machte sich auf den Heimweg.

Das wenige, was er bislang wusste, schrieb er wieder auf kleine Zettel und heftete sie an die Wand über seinem Schreibtisch. Die Wand, auf der schon unzählige solcher Zettel aus den zurückliegenden Fällen ihre Spuren hinterlassen hatten und die er schon längst neu gestrichen haben wollte. Dann rief er Silvana an.

„Wie kommt ein Priester zu solchen Tätowierungen?", fragte sie entrüstet.

„Der hatte wahrscheinlich auch nur ein weltliches Vorleben, oder glaubst du, die kommen als Heilige auf die Welt?"

„Nein, das nicht, aber es ist so komisch. Ich weiß nicht, wie ich es beschreiben soll. Das gehört einfach nicht zusammen."

„Hab ich dir jetzt dein katholisches Weltbild zerstört?", lachte Marek.

„Du brauchst dich gar nicht darüber lustig zu machen", giftete sie zurück, „ein bisschen Glauben würde dir auch gut tun."

„Ist ja gut", versuchte er sie zu beruhigen, „aber bring diese Geschichte noch nicht. Das weiß sonst niemand."

„In Ordnung. Das hätte ich ohnehin nicht. Trotzdem, danke für die Info. *Ciao Roberto.*"

***

Ghetti telefonierte seit Stunden mit Meldeämtern und kirchlichen Institutionen um etwas über das Vorleben von Salvatore Mondolo in Erfahrung zu bringen. Vor allem die Kirche machte es ihm besonders schwer an Informationen zu gelangen. Jedes Mal musste er mit dem Staatsanwalt drohen, bis er die gewünschte Auskunft erhielt. Entnervt starrte er auf seine nicht gerade umfangreichen Notizen, dann rief er seinen Freund Marek an.

„Viel habe ich nicht", meinte er enttäuscht, „der Padre muss aus dem Nirwana gekommen sein."

„Wie meinst du das?"

„Er war seit zehn Jahren und drei Monaten Pfarrer von Santa Margherita. Davor hatte er mehrere kleine Dorfpfarreien in der Gegend von Castelfranco. Zuvor besuchte er acht Jahre das Priesterseminar in Treviso bis zur Priesterweihe. Dorthin kam er auf Empfehlung vom Abt des Klosters Follina, wo er vorher lebte. Und da hört es auf."

„Wie? Es muss doch herauszufinden sein, wann er in dieses Kloster kam und wo er vorher war."

„Eben nicht. Das Kloster weigert sich weitere Auskünfte zu erteilen und selbst die Drohung mit der Staatsanwaltschaft interessiert sie dort nicht wirklich. Die würden selbst unter Folter schweigen."

„Verdammter Mist!", polterte Marek. „Gerade die Zeit vor seiner Erleuchtung wäre interessant. Ich denke, das Motiv für den Mord ist da zu finden. Da kann man nichts machen. Danke Michele. Gute Arbeit. Bis morgen."

Marek steckte sich eine Zigarette an und setzte sich an seinen Schreibtisch. Unter dieser Gemengelage müsste schon ein Zufall helfen, um den Mord aufzuklären. So blieb ihm erst einmal nichts anders übrig, als die neuen Informationen zu notieren und an die Wand zu heften.

5

Gianfranco Mori klappte sein Notebook zu und steckte es, zusammen mit ein paar Papieren in seinen Aktenkoffer. Er war wie immer der letzte, der das Geschäft verließ. Seine Belegschaft hatte sich längst in den Feierabend verabschiedet. Er wischte mit seiner Krawatte noch einmal über seine Brillengläser. Seit ein paar Wochen trug er nun diese Gleitsichtbrille und hatte sich noch immer nicht daran gewöhnen können. Irgendwie hatte er auch das Gefühl, die Gläser würden den Staub magisch anziehen.

Mori schaltete die Alarmanlage ein und ging durch den Hinterausgang zu seinem Wagen, einem sonnengelben Ferrari 458 Italia. Man konnte wirklich nicht behaupten, er wäre ein armer Mann. Seit er vor fast zwanzig Jahren als Teilhaber in ein kränkelndes Möbelgeschäft eingestiegen war, ging es nur noch bergauf und nun war er alleiniger Inhaber eines der größten Möbelhäuser für exklusive Inneneinrichtung in der ganzen Region. Mori hatte es geschafft.

Nun machte er sich auf den Heimweg nach Caorle und freute sich auf einen entspannten Feierabend bei einem guten Glas Wein. Obwohl fast fünfzig Kilometer entfernt, hatte er sein kleines Haus dort behalten.

Demnächst würde er sein neues Luxusappartement über dem ehemaligen historischen Fischmarkt beziehen. Von dort aus hatte er dann einen unbezahlbaren Ausblick über den Hafen.

Er stellte den Wagen in der Garage ab, von der es einen Seiteneingang in die Küche gab.

„Wird auch Zeit, dass Sie endlich kommen", rief seine Haushälterin, als Mori die Küche betrat, „das Essen ist fertig."

„Ciao Camilla, was gibt's denn gutes?"

„*Spaghetti Cetrioli*. Ich dachte bei der Hitze heute wäre etwas Leichtes angebracht", meinte sie bestimmt, als sie den dampfenden Teller an ihm vorbei ins Esszimmer brachte. „Setzen Sie sich, bevor es kalt wird. Der Wein steht schon auf dem Tisch. So, ich muss jetzt weg. In der Küche steht noch. *Buon appetito, signor Mori*. Bis Morgen."

„*Grazie Camilla. Ciao*."

Mori aß mit Genuss und als er sich gerade in der Küche einen Nachschlag holen wollte, läutete es an der Tür. Er stellte seinen Teller ab und öffnete. Erstaunt musterte er seinen Besucher. Nach einigen Sekunden nahm sein Gesicht einen überraschten und gleichzeitig besorgten Ausdruck an.

„Du? Bist du es wirklich? Aber wie siehst du denn aus?"

„Möchtest du einen alten Freund nicht herein bitten? Ich habe dich doch nicht beim Essen gestört?"

„Oh, entschuldige, nein, ich war gerade fertig. Bitte, komm doch herein."

Mori ging voraus in sein Arbeitszimmer und bat seinen Besucher in einem der Sessel Platz zu nehmen.

„Wie lange ist das jetzt her? Und da stehst du auf einmal vor meiner Tür. Und dann noch so", dabei machte er eine ausladende Handbewegung.

„Sechsundzwanzig Jahre. Genau sind es sechsundzwanzig Jahre, einen Monat und zwei Wochen."

„So lange schon", Moris Stimme wirkte verunsichert, „dass du das so genau weißt."

„Dir scheint es ja gut zu gehen, wie man sieht. Hattest ja auch ein schönes Startkapital, oder?"

„Das siehst du falsch. Ich hatte fast nichts, als ich anfing. Alles selbst erarbeitet. Etwas Glück gehört natürlich auch dazu."

„Ich hatte auch etwas Glück. Glück im Unglück sozusagen."

„Möchtest du ein Glas Wein?"

„Gerne. Hatte mich schon gefragt, wann du mir etwas anbieten würdest. Lass uns etwas über die alten Zeiten plaudern."

Mori holte den Wein aus der Küche, schenkte seinem Besucher ein und nahm ihm gegenüber Platz. Er hatte sich nun innerlich auf einen längeren Abend eingestellt.

***

Als Camilla Simeoni am nächsten Vormittag die Küche betrat, war sie doch sehr über die Unordnung verwundert, die sie unüblicher Weise dort vorfand. Der Topf mit der Pasta stand offen auf dem Herd und der Inhalt war eingetrocknet. Den Deckel fand sie auf dem Küchentisch, zusammen mit einer halbvollen und einer leeren Weinflasche. In der Spüle lagen zwei Weingläser im Wasser. Ein seltsames Gefühl beschlich sie.

„Signor Mori, sind Sie noch da?"

Im Esszimmer lag noch das Besteck auf dem Tisch und auf der Anrichte stand der Teller, auf dem Sie Mori gestern Abend das Essen serviert hatte.

„Signor Mori", rief sie noch einmal und ging zögernd ins Arbeitszimmer. Auf dem Schreibtisch stand noch der Aktenkoffer. Langsam drehte sie sich um. Ihre Augen weiteten sich vor Entsetzen. Sie wollte schreien, bekam aber keinen Ton heraus. Ihr fehlte die Kraft dazu. Sie sank einfach in sich zusammen.

***

Marek hatte sich gerade zum Mittagessen mit einem großen Teller *penne al arrabiata* an den Küchentisch gesetzt. Er rieb noch großzügig *parmigiano reggiano* darüber, verfeinerte das Ganze noch mit bestem Olivenöl und stopfte sich die erste Gabel dieses köstlich duftenden Pasta Gerichtes in den Mund, als sein Telefon läutete.

„*Pronto*", nuschelte er kauend in den Hörer.

„Wir haben schon wieder einen Toten!", hörte er die aufgeregte Stimme Ghettis. „Sieht richtig übel aus."

„Scheiße! Ich bin gerade am Essen."

Marek starrte sehnsüchtig auf seinen Teller.

„Entschuldige, ich dachte nur…"

„Schon gut. Ich komme gleich. Wo ist das?"

„Via Perugia. Unsere Wagen sind nicht zu übersehen."

Seufzend stellte Marek den Teller auf die Spüle, schnappte sich seine Umhängetasche und verließ das Haus.

***

Marek parkte seinen alten Lada Niva, den er Anfang des Jahres erstanden hatte, neben dem Alfa der Carabinieri und betrat das Haus, wo Ghetti schon auf ihn wartete.

„Die Spurensicherung ist noch da und Dottore Lovati muss jeden Moment kommen. Der Notarzt konnte ohnehin nichts mehr tun, außer die Haushälterin zu verarzten."

„Und wer ist jetzt tot?"

„Der Hausbesitzer, ein Gianfranco Mori. Er liegt drin. Die Haushälterin hat ihn heute Vormittag gefunden."

„Heute Vormittag? Und wieso seid ihr jetzt erst hier?"

„Die Ärmste wurde ohnmächtig. Als sie wieder zu sich kam, hat sie uns angerufen. Ist ja auch kein schöner Anblick."

„So, so, die Ärmste wurde also ohnmächtig", spottete Marek. „Wo ist er?"

„Im Arbeitszimmer. Komm mit."

In dem großen, gemütlich eingerichteten Raum waren noch zwei Kriminaltechniker damit beschäftigt Spuren zu sichern. Auf der linken Seite stand ein großer Schreibtisch aus poliertem Holz, mit einem grünen Ledersessel. An der Wand dahinter ein Aktenschrank und ein Tresor. Marek ging einen Schritt vor, um auch die andere Seite einsehen zu können. An den Wänden standen Bücherregale, davor eine Ledercouch und ein kleiner Tisch, gegenüber zwei Sessel. Vor dem einen Sessel lag eine Gestalt auf dem Boden in einer Blutlache. Die Gestalt lag auf dem Bauch und hatte ein mit Blut verkrustetes Loch in der linken Schläfe. Der linke Arm war unnatürlich angewinkelt, der rechte nach hinten gestreckt. Etwa einen Meter von der linken Schulter des Toten entfernt lag eine Pistole auf dem Boden.

„Was sagt der Arzt?"

„Der wollte dem Pathologen nicht vorgreifen. Nur so viel, dass der Mann tot ist und es sich offensichtlich um einen Suizid handelt. Seither kümmert er sich um die Haushälterin, eine gewisse Camilla Simeone."

„Hast du schon eine Aussage von ihr?"

„Nein, der Arzt sagt, sie wäre noch nicht vernehmungsfähig."

„Halt! Was ist das?", rief Marek einem der Kriminaltechniker zu, der gerade etwas vom Boden vor der Couch aufgehoben hatte und es ich eine Plastiktüte stecken wollte.

„Eine Brille mit zersprungenen Gläsern."

„Könnten Sie die bitte liegen lassen und nur nummerieren?"

Als er sah, dass Ghetti zustimmend nickte, legte er die Brille wieder auf den Boden, neben das Täfelchen mit der Zahl drei.

Nachdem die Sicherung der Spuren beendet war, betraten Ghetti und Marek den Raum. Marek, der von Ghetti ein Paar Gummihandschuhe bekommen hatte, nahm die Pistole vom Boden auf und hielt sich den Lauf unter die Nase.

„Eine ältere Beretta 81, Kaliber 7,65. Mit der wurde definitiv geschossen."

„Dann war es wohl Selbstmord."

Marek hatte sich erhoben und sah sich das ganze Szenario aus ein paar Metern Entfernung an.

„Nein, das glaube ich nicht."

„Da wäre ich auch stinksauer, wenn man mich wegen eines Selbstmords vom Mittagessen weggeholt hätte."

Dottore Lovati hatte unbemerkt den Raum betreten und machte sich umgehend an die Untersuchung der Leiche.

„*Buon giorno, Dottore.* Tut mir leid wegen Ihres Mittagessens. Mir ging es genauso, aber ich denke, hier sprechen einige Punkte gegen eine Selbstmordtheorie."

„Gibt's hier irgendwo einen Aschenbecher?", brummte Lovati, als er seine Zigarette ausdrücken wollte.

„Ich habe hier keinen gesehen", meinte Ghetti, „vielleicht war er Nichtraucher."

„Verdammt, soll ich meine Kippe auf dem Teppich ausdrücken? Wie soll ich denn hier arbeiten, wenn ich nicht rauchen kann?"

Ghetti rannte in die Küche und kam kurz darauf

mit einem großen, gläsernen Aschenbecher zurück.

„Er hat wohl doch geraucht."

Nach einer Weile erhob sich Lovati, steckte sich die nächste Zigarette an und holte tief Luft.

„Sie zuerst, Commissario. Wie kommen Sie auf einen Mord?"

„Da haben wir zuerst die Lage des Toten. Wenn er hier in diesem Sessel saß, als er sich erschoss, wäre er nicht so weit nach vorne in den Raum gefallen. Außerdem wären Blutspritzer am Sessel."

„Vielleicht hat er ja gestanden", warf Ghetti ein.

„Dann wäre er mit sehr großer Wahrscheinlichkeit auf den Rücken, oder auf die Seite gefallen, aber nicht nach vorne. Dann haben wir die Lage des linken Arms. Der Einschuss ist in der linken Schläfe, also hat er mit der linken Hand schießen müssen. Der linke Arm ist aber nach hinten verdreht und angewinkelt, während die Waffe einen Meter weit entfernt in der anderen Richtung liegt. Dann haben wir noch die Brille. Sie liegt dort vor der Couch. Wie sollte sie dorthin gekommen sein und wieso sind die Gläser kaputt? So wie sie aussieht, wurde sie zertreten und das hat er nach dem Schuss bestimmt nicht mehr gemacht."

„Aber es könnte sein, dass er vorher draufgetreten ist", meinte Ghetti, aber seine Stimme klang nicht sehr überzeugt.

„Möglich, aber dann müsste es winzige Glassplitter in seinen Schuhsohlen geben. Außerdem war er Rechtshänder. Ergo hat er sich nicht mit der linken Hand erschossen."

„Und woher weißt du das nun wieder?"

„Dann geh mal rüber ins Esszimmer. Die Reste seines Abendessens stehen noch dort. Die Gabel und sein Weinglas sind auf der rechten Seite und ein Messer hat er nicht benutzt. Er hat mit der rechten Hand gegessen."

„Bravo, Commissario. Sehr gut kombiniert. Ich denke auch, dass er sich nicht selbst erschossen hat. Erstens war der Schuss nicht aufgesetzt. Sehen Sie hier", Lovati hielt ein Vergrößerungsglas an den Kopf des Toten. „Um die Wunde herum sieht man kreisförmige Pulverspuren. Bei einem aufgesetzten Schuss wäre nur ein kleiner Ring zu sehen. Bei dieser Streuung hier wurde der Schuss aus etwa dreißig bis vierzig Zentimetern abgegeben. Da hätte sich der gute Mann ganz schön verrenken müssen. Und…", der Dottore steckte sich eine weitere Zigarette an, „…und der Mann wurde niedergeschlagen, bevor er die Kugel in den Kopf bekam."

„Was?", riefen Marek und Ghetti unisono.

„Ja, das Schläfenbein ist zertrümmert, wie bei dem

Padre. Dann hat jemand auf die Wunde geschossen, um es wie Selbstmord aussehen zu lassen. Ob der Schlag oder die Kugel zu seinem Tod führten, kann ich erst sagen, wenn ich ihn auf meinem Tisch hatte."

„Vielleicht wurde das Schläfenbein durch den Schuss zertrümmert."

„Michele, das war ein kleines Kaliber und das gibt nur ein kleines Loch und sonst nichts. Das solltest du langsam wissen", erwiderte Lovati genervt. "Habt ihr eine mögliche Tatwaffe gefunden?"

„Nein, nur die Pistole, sonst nichts."

„Na dann, ciao Commissario, morgen habe ich mehr."

„Vielen Dank! Dann bis morgen."

Nachdem der Dottore gegangen war, sah sich Marek noch einmal im Zimmer um.

„Steck die Schuhe in einen Beutel und gib sie bei der Spurensicherung ab. Die sollen nach Glaspartikeln suchen."

„Ich soll…?", fragte Ghetti erschrocken.

„Keine Angst, der beißt nicht mehr."

***

Der Notarzt hatte die Haushälterin mitgenommen und wollte sie in die Ambulanz bringen, wo sie psychologisch betreut würde. An eine Vernehmung sei im Moment nicht zu denken, hatte er gesagt, da müsste die Polizei schon bis morgen warten.

Die Leute von der Spurensicherung waren mittlerweile auch abgezogen und der Tatort war versiegelt. Nur Marek und Ghetti standen noch vor dem Haus. Marek steckte sich eine Zigarette an.

„Ich hole mir gleich noch ein paar Männer und befrage die Nachbarschaft", meinte Ghetti.

„Gut, vielleicht hat ja jemand etwas Auffälliges bemerkt. Jetzt haben wir innerhalb kurzer Zeit zwei sehr bizarre Morde. Bei beiden stimmt irgendetwas nicht. Beide Opfer sind ungefähr im gleichen Alter."

„Meinst du, dass es derselbe Täter war? Das ist doch ein bisschen weit hergeholt, oder?"

Marek schnickte seine Zigarettenkippe auf die Straße.

„Nachdem was ich bisher gesehen habe, würde ich das nicht ausschließen. Ich habe da so ein seltsames Gefühl. Jedenfalls musst du auch von diesem Mann alles in Erfahrung bringen."

„Na gut, dann bis morgen. Ich hole dich gegen elf Uhr ab."

„*Bene. Ciao Michele*."

Während Ghett über Funk noch zwei Kollegen für die Befragung anforderte, kletterte Marek in seinen alten Lada und fuhr nach Hause. Da er ja nicht zum Mittagessen kam, die Pasta nun kalt war und er aufgewärmte Nudeln hasste, nahm er sich von unterwegs eine Pizza mit.

Er hatte sich gerade das letzte Stück in den Mund geschoben, als Dottore Lovati anrief.

„Ich hoffe, ich störe nicht, aber das wollte ich Ihnen vorab gleich mitteilen."

„Sie stören nie, Dottore, aber was gibt es denn so Interessantes?"

„Sie können wahrscheinlich davon ausgehen, dass die beiden Morde zusammenhängen."

„Dachte ich es mir doch. Ich hatte vorhin schon so ein Gefühl. Aber wie kommen Sie jetzt darauf?"

„Als mein Assistent die Leiche entkleidet hatte, sah ich auf dem rechten Unterarm die gleiche Tätowierung wie bei dem Priester. Nur er hier hatte nicht versucht sie zu entfernen. Ein Teufelskopf mit der Zahl dreizehn zwischen den Hörnern."

„Sieh einer an. Die beiden Opfer müssten sich demnach wahrscheinlich gekannt haben. Danke Dottore. Bis morgen."

Er notierte sich diese neuen Erkenntnisse auf einen Zettel und heftete ihn zu den anderen Notizen an die Wand über seinem Schreibtisch. Der Priester und dieser Mori kannten sich. Sie waren ungefähr im gleichen Alter, hatten das gleiche Tattoo und wurden auf ähnliche Weise innerhalb kurzer Zeit ermordet.

Da er nicht an Zufälle glaubte, musste es so sein. Er rief Ghetti an, um ihm diese Neuigkeit mittzuteilen.

„…und deshalb bin ich auch überzeugt, dass das Motiv in der gemeinsamen Vergangenheit der beiden Opfer liegt. Wir brauchen unbedingt einen lückenlosen Lebenslauf der beiden."

„Bei Padre Mondolo werden wir kein Glück haben, aber bei Mori dürfte es keine Probleme geben."

„Was hat eigentlich die Durchsuchung von Mondolos Wohnung ergeben?"

„Er hat ziemlich spartanisch gelebt. Ein paar wertvolle Bücher, sonst nichts Besonderes. Im Moment warten wir noch auf die Genehmigung des Staatsanwalts für die Überprüfung des Kontos."

„Gut, dann sehen wir uns morgen. *Ciao Michele*."

Marek bereitete sich einen Caffé und steckte sich eine Zigarette an. Dann informierte er Silvana über die neueste Entwicklung.

„…aber es wäre gut, wenn du noch nichts darüber bringst, dass die beiden Opfer sich gekannt haben könnten."

„Was heißt hier *könnten*? Die Tätowierung ist doch Beweis genug."

„Das ist bestenfalls ein Indiz, dass es so sein könnte. Den Beweis suchen wir noch. Also bitte…"

„Schon gut, aber du informierst mich sofort."

„Natürlich, *cara*, aber könntest du dich vielleicht auch einmal umhören, ob dieses Tattoo eventuell bekannt ist?"

„Kann ich machen. Meinst du, die haben mal zu einer Rockerbande oder etwas Ähnlichem gehört?"

„Kann ich nicht sagen, nur wenn zwei Männer die gleiche Tätowierung an der genau gleichen Stelle haben, dann hat das doch etwas zu bedeuten. Außerdem noch diese Symbolik. Die Dreizehn, die Zahl des Teufels, eingerahmt von Teufelshörnern über einem Teufelskopf, das ist schon seltsam."

„Ich stöbere mal bei uns im Archiv, ob solch eine Tätowierung schon einmal auffällig wurde."

„Danke. Wie sieht es heute mit einem Abendessen bei Rosa aus?"

„Tut mir leid, aber ich habe heute noch so viel zu tun. Das schaffe ich nicht. Sei nicht böse. *Ciao Roberto.*"

Enttäuscht legte Marek das Telefon auf den Küchentisch und inspizierte den Inhalt seines Kühlschranks. Er hatte weder Lust alleine essen zu gehen, noch einzukaufen, also musste das reichen, was der Kühlschrank hergab. Etwas Käse und Salami, ein paar Oliven, etwas Weißbrot vom Vortag und eine halbe Flasche Raboso - das musste reichen.

6

Marek hatte eine sehr unruhige Nacht hinter sich. Teufelsmasken verfolgten ihn und er konnte sie nicht abschütteln. Manchmal kamen sie, riesig groß und verzerrt, von der Decke auf ihn hinuntergeschwebt. Als er schließlich schweißgebadet aufwachte, zeigte sich bereits ein helles Band am östlichen Horizont. Bald würde die Sonne aufgehen und den Spuk vertreiben. Er streckte sich, ging in die Küche, trank einen Schluck Wasser. An Schlaf war jetzt nicht mehr zu denken, also konnte er auch gleich aufbleiben und Caffè trinken. Er setzte die Caffettiera auf den Herd und steckte sich eine Zigarette an.

Als er bei seiner zweiten Tasse saß und gedankenverloren aus dem Fenster starrte, rief Silvana an um ihm mittzuteilen, dass diese Tätowierungen bislang noch nicht auffällig geworden waren, zumindest hatte sie im Zeitungsarchiv nichts darüber gefunden, was seiner Laune auch nicht gerade zuträglich war.

„Bist du schon in der Redaktion?"

„Nein, ich fahre gleich, aber ich habe die halbe Nacht das Archiv durchstöbert."

„Danke *cara*."

„Aber wieso bist du denn eigentlich schon so früh wach. Ich hatte schon befürchtet, ich würde dich wecken."

„Ich wurde vom Teufel verfolgt. Bis später."

Er nahm eine Dusche, kleidete sich an und ging zu dem kleinen Lebensmittelmarkt in der Via San Giovanni Bosco. Dort erstand er die letzten beiden *Cornetti* für sein Frühstück.

Um kurz vor elf Uhr erschien Ghetti um ihn abzuholen. Auf der Fahrt nach Portogruaro erfuhr Marek dann, was sein Freund bisher über das zweite Mordopfer in Erfahrung bringen konnte.

„Der Tote hieß Gianfranco Mori und war sechsundvierzig Jahre alt. Er war Inhaber eines großen Möbelgeschäfts in Palazzolo dello Stella, das er vor fast elf Jahren übernommen hatte. Zuvor war er an einem kleineren Geschäft beteiligt. Er stammte aus Belluno. Das Haus in Caorle hatte er schon vor über zwanzig Jahren erworben. Vor kurzem hatte er sich eine Wohnung in dem neuen Gebäude am Fischmarkt gekauft und bar bezahlt."

„Am Hungertuch hat er wohl nicht genagt", meinte Marek nachdenklich, „wenn er mit nicht einmal dreißig Jahren ein Haus in Caorle kaufen konnte, woher hatte er damals die Kohle? Waren sein Eltern Millionäre?"

„Eher nicht. Der Vater war Lehrer und die Mutter arbeitete in einem Kindergarten. Sie ist inzwischen gestorben und er lebt in einem Altenheim. Die Kollegen dort haben ihn bereits informiert."

„Die Sache mit dem Geld müssen wir im Hinterkopf behalten. Da stimmt was nicht. Ein Junge aus einer bürgerlichen Familie kauft sich mit Mitte zwanzig ein Haus in Caorle und das bei den Preisen, die hier verlangt werden."

***

In der Pathologie des *Ospedale* wurden sie bereits von Dottore Lovati erwartet, der wie immer eine qualmende Zigarette zwischen den Lippen hielt.

„*Buon giorno Commissario, buon giorno Michele*. Nur hereinspaziert."

„*Buon giorno Dottore*. Was haben Sie denn schönes für uns?"

„Also, der gute Mann wurde, wie ich schon vermutet hatte, erst erschlagen und dann erschossen. Sehen Sie hier."

Er schlug das grüne Laken zurück und zeigte auf die Wunde auf der linken Seite des Kopfes. Ghetti, der schon seinen Mageninhalt im Hals spürte, hatte sich leise zurückgezogen.

„Der Mann wurde mit einem schweren Gegenstand von hinten erschlagen. Ich tippe da auf einen großen Aschenbecher aus Alabaster."

„Wie kommen Sie darauf?"

„Ich habe in der Wunde kleine Splitter von rötlichem Alabaster gefunden. Eine Vase zum Beispiel, wäre nicht massiv genug für solch eine Wunde und Aschenbecher aus diesem Zeug sind weit verbreitet. Ich habe auch ein paar davon."

„Und der Schlag war tödlich?"

„Ja, er war sofort tot. Der Schuss traf ihn, als er schon auf dem Boden lag und das aus einer Entfernung von dreißig bis vierzig Zentimetern. Das Projektil steckte noch im Kopf. Es handelt sich also eindeutig um Mord."

Lovati drückte Marek einen Plastikbeutel in die Hand.

„Hmm, ein Browning Vollmantelgeschoss, Kaliber 7,65. In der Beretta, die wir gefunden haben, waren noch einige Patronen dieses Typs im Magazin. Ist aber leider Massenware. Aber was viel interessanter ist, Sie sagten, dass der Mann von hinten erschlagen wurde."

„Stimmt. Auf was wollen Sie hinaus?"

Lovati sah Marek verschmitzt an.

„Sie wissen es doch schon, Dottore", grinste der. „Der Padre wurde von vorne erschlagen und sein rechtes Schläfenbein wurde zertrümmert. Mori wurde von hinten erschlagen und die Wunde ist auf der linken Seite. Da können wir in beiden Fällen von einem Linkshänder ausgehen und das könnte bedeuten, dass es derselbe Täter war. Stimmen Sie mir zu?"

„Aber natürlich, ich würde das auch so sehen. Besonders wenn man bedenkt, dass beide das gleiche Tattoo haben."

„Vielen Dank, Dottore."

Marek zog Ghetti von seinem Stuhl, auf den er sich zurückgezogen hatte um die Leiche nicht ansehen zu müssen.

„Hier ist die Kugel. Bring sie nachher gleich zur Ballistik."

„Und?", fragte Ghetti, als sie in Wagen saßen und nach Caorle zurück fuhren.

„Es ist mit ziemlicher Sicherheit der gleiche Täter, der auch schon den Priester getötet hat. Die Tatwaffe ist ein schwerer Gegenstand aus rotem Alabaster, wahrscheinlich ein Aschenbecher. Der Schuss war ein Ablenkungsmanöver und traf Mori, als er schon tot auf dem Boden lag. Die Kugel, die Lovati aus dem Kopf holte, passt zu der Beretta, die bei dem Toten lag. Habt ihr die Waffe schon überprüft?"

„Habe ich in Auftrag gegeben."

„Gut. Was wir jetzt dringend brauchen, ist eine Verbindung zwischen dem Priester und dem Möbelhändler. Es ist bestimmt kein Zufall, dass beide vom gleichen Täter umgebracht werden. Und dann noch die Tattoos…"

„Mal sehen, ob die Kollegen schon Ergebnisse haben. Ich setze dich bei dir ab und fahre gleich ins Büro."

„Ich dachte, wir gehen erst etwas essen."

„Tut mir leid Roberto, ich habe heute keine Zeit. Die Befragungen müssten bald abgeschlossen sein und der ganze Papierkram landet ja auf meinem Schreibtisch."

„Schade, aber die Sache hat Vorrang", meinte Marek enttäuscht, hatte er sich doch auf ein ausgedehntes Mittagessen in einer netten Trattoria gefreut.

***

Marek hatte sich Penne mit Brokkoli bereitet. Er war der Meinung, das Geheimnis dieses einfachen Gerichts lag darin den richtigen Zeitpunkt zu finden, um den Knoblauch vom Gas zu nehmen. Wurde er nur einen Hauch zu dunkel, war der Geschmack schon beeinträchtigt, nimmt man ihn zu früh von der Flamme, war er zu vorherrschend. Zufrieden lehnte er sich auf dem Stuhl zurück und steckte sich seine Verdauungszigarette an. Während er blaue Ringe in die Luft blies, klingelte sein Handy.

„*Pronto.*"

„Die Befragung der Nachbarn in der Via Perugia ist abgeschlossen", meldete sich Ghetti.

„Und kam etwas dabei heraus?"

„Das Übliche. Mori war ein ruhiger Zeitgenosse, immer höflich zu den Nachbarn. Das einzig Interessante hat der Mann ausgesagt, der genau gegenüber wohnt. Er sagte, dass am Abend, nachdem Mori schon zuhause war, ein schwarzer Mercedes vor dem Haus hielt. Typ und Kennzeichen hat er sich aber nicht gemerkt."

„Na, das ist doch schon etwas. Noch ein Indiz dafür, dass beide Fälle zusammengehören. Woher wusste der Mann, dass Mori schon zuhause war?"

„Der gelbe Ferrari ist weder zu übersehen, noch zu überhören."

„Stimmt auch wieder. Um welche Uhrzeit war das?"

„Mori wäre gegen zwanzig Uhr gekommen. Den Mercedes hat er dann gegen zwanzig Uhr dreißig gesehen, als er mit seinem Hund spazieren gehen wollte. Als er kurz nach neun Uhr wieder zurückkam, war der Wagen weg."

„Und den Schuss hat niemand gehört? Das ist doch eine ruhige Straße."

„Die Frau von nebenan glaubt einen Knall gehört zu haben, aber sie dachte, es hätte jemand eine Autotür zugeschlagen. Außerdem hört sie nicht gut und hatte deshalb den Fernseher sehr laut."

„Ergiebig ist das alles auch nicht gerade. Wann können wir denn die Frau aus der Kirche und die Haushälterin befragen?"

„Die Haushälterin von Mori ist wieder zuhause. Die könnten wir gleich befragen. Die Frau aus der Kirche ist noch im Ospedale. Wenn du willst, bin ich gleich bei dir."

„Dann fahr los, ich warte."

***

Camilla Simeoni wohnte im ersten Stock eines Mietshauses in der Via dei Vatalizi. Sie bat Marek und Ghetti herein und führte sie in eine kleine Wohnküche.

„Nehmen Sie doch bitte Platz. Caffè?"

„Gerne, danke."

„Signora Simeoni", begann Ghetti, während sie die Caffettiera auf den Herd setzte, „wie lange arbeiteten Sie schon für Signor Mori?"

„Das dürften jetzt sechs Jahre sein."

Die Signora beugte sich mit verschwörerischer Miene zu Ghetti herunter.

„Vorher hatte er eine Illegale. Die hat ihm eines Tages eine wertvolle Uhr geklaut und ist verschwunden. Man weiß ja wie *die* sind."

Damit widmete sie sich wieder dem Caffè.

„So, wie sind *die* denn?", fragte Marek.

„Alles Diebe und Gesindel", presste sie leise hervor. „Mehr möchte ich dazu nicht sagen."

„Ist auch besser so", dachte Marek und rührte einen Löffel Zucker in seinen Caffè.

„Können Sie uns bitte möglichst genau schildern, wie der Tag vorgestern im Hause Mori abgelaufen ist."

„Also vorgestern war ich gegen ein Uhr dort. Signor Mori, Gott hab ihn selig, war natürlich schon weg. Ich habe dann Staub gewischt und das Bad und die Küche geputzt. Am Nachmittag war ich dann einkaufen und abends habe ich das Essen für Signor Mori gemacht. Wissen Sie, weil es so heiß war, wollte ich etwas Leichtes kochen und habe *Spaghetti Cetrioli* gemacht."

„Wann kam Signor Mori denn nach Hause?"

„Gegen acht. Er kommt, ich meine er kam meistens gegen acht Uhr."

„Und dann?"

„Ich habe ihm sein Essen und den Wein ins Esszimmer gebracht. Dann habe ich mich verabschiedet und bin gegangen."

„Ist Ihnen etwas Ungewöhnliches aufgefallen, als Sie gegangen sind?"

„Nein, was meinen Sie?"

„Etwas, das sonst nicht so war. Ein Auto zum Beispiel, was dort nicht hingehört, oder jemand fremdes, der das Haus beobachtete."

„Nein, tut mir leid."

„Gut, kommen wir zum gestrigen Tag. Sind Sie in der Lage uns zu schildern, wie Sie Signor Mori fanden?"

Die Signora schluckte kurz, dann gab sie sich einen Ruck und begann ihr Erlebnis zu schildern.

„Ich war gegen zehn Uhr da. Ich habe aufgeschlossen und bin hinein."

„*Scusa*", unterbrach Marek, „wieso waren Sie diesmal so früh?"

„Einmal in der Woche fange ich vormittags an und mache das ganze Haus. Also, ich bin hineingegangen und das kam mir gleich komisch vor."

„Was genau kam Ihnen komisch vor?"

„Na, ich hatte das Gefühl, dass Signor Mori noch da war. Außerdem diese Unordnung. Das war nicht normal."

„Wie dürfen wir das verstehen?"

„In der Küche stand der Topf mit der Pasta offen auf dem Herd. Das hätte Signor Mori nie gemacht. Außerdem hatte er offensichtlich nur einen Teller gegessen und der Teller stand auf der Anrichte im

Esszimmer, das Besteck und das Weinglas waren noch auf dem Esstisch. Das war auch ungewöhnlich. Auf dem Küchentisch standen noch zwei Flaschen Wein. Die eine war leer, die andere halbvoll. Soviel hat er nie getrunken. Es sah so aus, als hätte er überraschend Besuch bekommen, denn in der Spüle lagen zwei weitere Weingläser. Später hatte er dann nicht mehr aufräumen können, dachte ich."

Tränen liefen ihr jetzt über das Gesicht.

„Ich habe nach ihm gerufen und bin dann ins Arbeitszimmer. Das war so schrecklich!"

Sie putzte sich lautstark die Nase, bevor sie fortfuhr.

„Ich muss wohl ohnmächtig geworden sein. Als ich wieder zu mir kam, lag ich auf dem Boden und Signor Mori… Ich habe dann den Notruf gewählt und auf die Polizei gewartet."

Marek und Ghetti erhoben sich.

„Vielen Dank Signora, auch für den Caffè."

**

„Sehr aufschlussreich war das ja nicht", meinte Ghetti, als sie wieder auf der Straße standen.

„Nein, das nicht, aber es deckt sich zumindest mit der Aussage des Nachbarn."

„*Ispettore, Ispettore*", hörten Sie die aufgeregte Stimme von Signora Simeone, als sie gerade ins Auto steigen wollten. „Mir ist noch etwas eingefallen, aber ich weiß nicht ob es wichtig ist."

„Dann lassen Sie mal hören. Es kann alles wichtig sein, Signora."

„Also, als ich vorgestern Abend gegangen bin, stand vor dem Haus ein großes Auto. Das hatte ich dort noch nie gesehen."

Marek und Ghetti wurden hellhörig.

„Was war das für ein Auto? Wissen Sie welche Farbe es hatte?"

„Weiß ich nicht so genau. Ich kenne mich damit ja auch nicht aus. Es war jedenfalls groß und dunkel. Vielleicht schwarz oder blau. Nein schwarz. Es war schwarz."

„Konnten Sie das Kennzeichen erkennen, oder ob jemand im Wagen saß?"

„Nein, tut mir leid, darauf habe ich nicht geachtet. Ich konnte ja nicht wissen, dass es noch wichtig sein könnte."

„Da haben Sie recht, Signora. Trotzdem vielen Dank. Und noch etwas. Ich bin Maresciallo der Carabinieri und kein Ispettore. Die gibt es bei der Polizia di Stato."

***

„Noch eine Übereinstimmung", meinte Marek, als sie im Wagen saßen. „Dem schwarzen Mercedes kommt jetzt wohl doch eine große Bedeutung in diesem Puzzle zu. Der taucht plötzlich an beiden Tatorten auf und verschwindet wieder. So wie ein Phantom. Er wird zwar wahrgenommen, aber keiner kann sich genau daran erinnern. Selbst ich nicht."

„Was machen wir nun?", fragte Ghetti.

„Lass uns ins Ospedale fahren. Vielleicht können wir die Frau ja doch befragen."

„Wie du meinst."

Ghetti war irgendwie erleichtert keine Entscheidung treffen zu müssen. Er war froh Marek an seiner Seite zu wissen, denn es war ein Punkt erreicht, an dem er einfach nicht mehr weiter wusste. Für ihn war die Sache festgefahren. In solchen Momenten vertraute er auf die Ruhe und Intuition seines Freundes, die jahrelange Erfahrung, von der er noch einiges lernen konnte.

***

Wie erwartet hatte der Stationsarzt Bedenken gegen eine Befragung zum jetzigen Zeitpunkt, willigte aber schließlich ein.

„Aber nur drei Minuten. Sie darf sich auf keinen Fall aufregen."

„Wie heißt die Signora eigentlich?", fragte Marek, als sie vor der Tür des Krankenzimmers standen.

Ghetti zog sein Notizbuch aus der Tasche.

„Concetta Caetani. Sie ist sechsundsiebzig, Witwe und wohnt in der Viale Santa Margherita."

„Na dann."

Ghetti klopfte zaghaft an der Tür und öffnete sie einen Spalt.

„*Permesso?*"

Die alte Frau sah noch ziemlich mitgenommen aus. Als sie die Uniform wahrnahm, winkte sie ihn herein, doch Ghetti zögerte. Da bekam er von Marek, dem das zu lange dauerte, einen kräftigen Stoß, der ihn ins Zimmer stolpern ließ.

„*Scusa Signora*", entschuldigte er sich, „ich bin Maresciallo Ghetti und das ist Commissario Marek. Wir würden ihnen gerne ein paar Fragen stellen."

Signora Caetani nickte zustimmend. Dann zeigte sie mit zitternder Hand auf Marek.

„Sie…, Sie waren in der Kirche."

„Ja, Signora. Ich habe ihren Schrei gehört und sie auf dem Boden gefunden. Könnten Sie uns bitte sagen, was Sie in der Kirche gemacht haben? Es war ja zu der Zeit keine Messe."

Ghetti stieß Marek mit dem Ellenbogen in die Seite und sah ihn missbilligend an.

„Ich wollte eine Kerze spenden. Es war der Todestag meines Mannes. Er ist vor vierzehn Jahren gestorben. Ich spende immer an seinem Todestag eine

Kerze zu seinem Gedenken."

„Können Sie sich noch an irgendetwas erinnern? Ist Ihnen etwas Außergewöhnliches aufgefallen?"

Die Signora blickte zur Decke. Ihr fiel es sichtlich schwer sich an die Vorkommnisse zu erinnern. Dann wandte sie sich wieder Ghetti zu.

„Als ich in die Kirche kam war alles ruhig. Ich habe mich bekreuzigt und bin dann nach vorne gegangen um die Kerze aufzustellen. Dann sah ich…", sie musste kurz innehalten und Tränen liefen ihr über das faltige Gesicht, „…dann sah ich den Padre auf dem Boden liegen. Ich dachte zuerst er würde beten, aber dann sah ich das Blut. Das viele Blut. Ich habe geschrien und wollte weglaufen. Dann weiß ich nichts mehr. Das nächste, an was ich mich erinnern kann ist, dass er hier sich über mich beugte und später kam dann der Dottore, der mich hierher brachte. Mehr weiß ich leider nicht."

„Vielen Dank, Signora."

Ghetti wollte gehen, aber Marek rührte sich noch nicht.

„Noch eine Frage Signora. Ist Ihnen etwas aufgefallen, bevor Sie die Kirche betraten?"

„Die drei Minuten sind um. Bitte gehen Sie jetzt."

Der Arzt drängte die Besucher zu gehen, doch Marek machte keinerlei Anstalten.

„Ja, warten Sie", sagte da Signora Caetani, „da war etwas. Als ich kam, stand direkt vor der Kirche ein großes Auto. Ich habe mich noch darüber geärgert, dass jemand so unverschämt sein kann und direkt vor dem Eingang parkt."

„So, jetzt reicht es aber. Bitte gehen Sie jetzt."

„Moment noch", schnauzte Marek den Dottore an. „Haben Sie jemanden gesehen? In der Kirche oder im Auto?"

„In der Kirche nicht, aber ich glaube, dass jemand in dem Auto saß."

„Jetzt reicht es wirklich!"

Der Arzt versuchte Marek am Arm aus dem Zimmer zu ziehen. Doch der schüttelte ihn ab, wie eine lästige Fliege.

„Ich werde mich beschweren."

„Tun Sie, was Sie nicht lassen können."

Dann wandte er sich wieder der Signora zu.

„Konnten Sie den Fahrer erkennen?"

Sie überlegte einen Moment, dann schüttelte sie den Kopf.

„Nein, leider nicht, aber er hatte einen Hut auf. Einen dunklen Hut. Das hat mich gewundert. Es war ja so heiß."

„Danke Signora, Sie haben uns sehr geholfen. Gute Besserung."

Marek drehte sich um, ließ den Arzt stehen und ging hinaus. Im Flur wartete Ghetti auf ihn.

„Du bist wirklich so einfühlsam wie ein Elefant", maulte er Marek an.

„Die Frau war doch in der Lage mit uns zu sprechen, was soll also diese permanente Drängelei?"

„Ich meine doch auch nicht den Dottore. Ich meine die Signora."

„Wieso? Was habe ich denn falsch gemacht?"

„Du hast sie gefragt, was sie in der Kirche gemacht hätte. Als sei sie verdächtig."

„Na und? Es war ja keine Messe, da ist die Frage wohl berechtigt, oder?"

„Hier in diesem Land gehen die Menschen auch außerhalb der Messe in die Kirche. Sei es um inne zu halten, oder zu beten, oder einfach nur, wie in diesem Fall, um für einen Angehörigen eine Kerze zu spenden."

„Trotzdem war meine Frage berechtigt", winkte Marek trotzig ab. „Nachdem du abgehauen bist habe ich noch erfahren, dass die Signora den schwarzen Mercedes vor der Kirche gesehen hat. Sie hat sogar den Fahrer gesehen. Er hatte einen dunklen Hut auf und das bei dieser Hitze."

Ghetti starrte ihn an.

„Und was sagt uns das jetzt?"

„Noch nichts, aber es könnte vielleicht noch einmal wichtig werden. Wir sammeln Steinchen für Steinchen bis das Puzzle fertig ist."

***

Marek hatte Silvana angerufen, um sich mit ihr zum Essen zu verabreden. Da sie weder Lust noch Zeit für ein ausgedehntes Abendessen hatte, schlug sie vor, dass er zu ihr kommen sollte. Als er eintraf hatte sie hatte schon eine Platte mit Salami und Käse vorbereitet.

„Setz dich schon an den Tisch, ich hole nur noch das Brot und den Wein."

Währen des Essens diskutierten sie die beiden Mordfälle in aller Ausführlichkeit.

„…und wie es aussieht, gehören die beiden Morde zusammen. Beide Opfer haben die gleiche Tätowierung an der gleichen Stelle und bei beiden Tatorten wurde jeweils ein schwarzer Mercedes gesehen. Das ist kein Zufall."

„Das glaube ich auch nicht. Habt ihr schon eine Verbindung zwischen den beiden Opfern gefunden?"

„Leider noch nicht. Bei Padre Mondolo konnten wir nur bis zu seiner Zeit in einem Kloster zurückgehen. Von der Zeit davor wissen wir noch nichts. Auch dass der Fahrer des Mercedes einen dunklen

Hut bei der Hitze getragen haben soll, ist doch komisch, oder? Wer trägt bei dem Wetter einen dunklen Hut?"

„Das wüsste ich jetzt auch nicht."

„Don Camillo…", lachte Marek, „der hatte auch immer so einen Deckel auf."

„Du meinst den *Saturno*, aber der wird hier in Italien nur zur *Soutane* getragen. Dann müsste der Mörder ein Geistlicher sein und das ist ja wohl absurd."

„Da hast du wohl recht, aber seit der Geschichte mit dem verbrannten Journalisten Anfang des Jahres, traue ich den Brüdern eigentlich alles zu."

„Roberto! Das war die Vatikanbank", erwiderte Silvana entrüstet.

„Na und, die gehört doch zu diesem Verein."

„Ja, aber das ist trotzdem etwas Anderes", beharrte sie trotzig.

In stillem Einvernehmen beschlossen sie dann das Thema zu beenden.

„Bleibst du heute Nacht hier?"

„Gerne, wann musst du den morgen früh aufstehen?"

„Um sechs, aber du kannst ja weiter schlafen. Ich besorge dir auch noch ein paar *Cornetti*, bevor ich gehe."

Diese Vorstellung zauberte Marek ein Lächeln ins

Gesicht. Er half ihr noch den Tisch abzuräumen und kurz darauf schliefen sie eng umschlungen ein.

***

Mitten in der Nacht wachte Marek plötzlich auf. Wenn beide Morde vom gleichen Täter begangen wurden, konnte es doch noch mehr Opfer geben. Was, wenn das ein Rachefeldzug war?

„Leg dich wieder hin und mach das verdammte Licht aus", brummte Silvana.

„Ich werde mich morgen damit befassen", dachte Marek, knipste das Licht aus, legte sich wieder und schlief augenblicklich ein.

7

Marek blinzelte ins grelle Morgenlicht. Das Bett neben ihm war verwaist. Silvana war bestimmt in der Küche. Er schob die Beine über die Bettkannte, streckte sich ausgiebig und ging hinaus. Von Silvana war nichts zu sehen oder zu hören. Auf dem Küchentisch stand ein Teller mit *Cornetti* und davor lag ein Zettel:

Ich wünsche dir einen schönen Tag, bacio.

Seufzend befüllte er die Caffettiera und setzte sie auf den Herd. Irgendwo klingelte ein Handy. Es war sein Handy. Eilig lief er in den Flur und zog das Telefon aus seiner Tasche.

„Wer stört so früh?"

„Was heißt hier früh?", hörte er Ghetti sagen. „Es ist gleich halb elf."

„Was? Schon so spät? Da hab ich wohl verpennt. Moment, mein Caffè ist fertig."

Er nahm die Caffettiera vom Herd, schenkte sich eine Tasse ein, rührte einen Löffel Zucker hinein und steckte sich eine Zigarette an.

„So, was gibt's denn?"

„Die Ballistik hat bestätigt, dass die Kugel aus Moris Kopf aus der Beretta stammt, die wir dort fanden. Wo die Pistole herkommt, wissen wir noch nicht. Sie war jedenfalls nicht auf Mori zugelassen."

„Ich hatte gehofft, sie wäre auf den Mörder zugelassen. Aber im Ernst, gib den ballistischen Befund mal in die Datenbank. Vielleicht ist sie ja schon einmal irgendwo benutzt worden."

„Gut, mache ich. Ach, die Kriminaltechniker haben Moris Schuhe untersucht. Keine Glasspuren, wie du vermutet hast. Da ist wohl jemand anderer draufgetreten."

„Danke, vielleicht bringt uns ja die Waffe weiter. *Ciao Michele*."

***

Marek saß in der Küche, schob sich den Rest des dritten Hörnchens in den Mund und grübelte. Wenn sie nichts über das Vorleben von Padre Mondolo in Erfahrung bringen konnten, war der Fall erst einmal festgefahren und das nur, weil diese Pfaffen aus dem Kloster mauerten. Verdammt! Er trank seinen Caffè aus, duschte, zog sich an und fuhr nach Hause. Dort setzte er sich an seinen Schreibtisch, schrieb wieder einige Notizen, auch seine Überlegung der vergangenen Nacht, und befestigte sie an der Wand. Dann saß er grübelnd davor und hoffte auf eine Eingebung. Plötzlich richtete er sich mit einem Ruck auf. Die Zeitschiene! Vielleicht konnten sie darüber weiterkommen. Mondolo war seit etwa zehn Jahren Pfarrer in Santa Margherita. Davor besuchte er acht Jahre lang das Priesterseminar. Dazwischen waren ein paar Dorfpfarreien, wie Ghetti sagte. Das macht zusammen etwa zwanzig Jahre. Wie lange war er im Kloster? Vielleicht zwei Jahre oder fünf?

Mori übernahm vor elf Jahren das Möbelhaus. Vor über zwanzig Jahren kaufte er aber schon das Haus in Caorle. Das, was die beiden verband, lag somit schon über zwanzig Jahre zurück. Davon war er jetzt überzeugt. Mori stammte aus Belluno, vielleicht ja auch Mondolo. Und noch etwas fiel ihm ein. Hatte nicht dieser Geistliche aus Venedig im Fernsehen gesagt, er hätte mit Mondolo einen Freund verloren? Dann musste er ihn ja besser kennen. Er griff nach dem Telefon und rief Ghetti an.

„Irgendetwas ist vor über zwanzig Jahren passiert und das ist es, was Mondolo und Mori verbindet. Du musst herausfinden, ob Mondolo eventuell auch aus Belluno stammt und ob sie sich kannten."

„Ich rufe gleich die Kollegen dort an."

„Noch etwas. Im Fernsehen hat irgend so ein Monsignore gesagt, er hätte mit Padre Mondolo auch einen persönlichen Freund verloren. Vielleicht könnt ihr den mal fragen."

„Welcher Monsignore?"

„Den Namen hab ich vergessen. Ich glaube der ist Sekretär von einem Bischof in Venedig."

„Oh, mein Gott…"

„Nein, der war es nicht."

„…du meinst Monsignore Forsacco, den Sekretär von Kardinal Moretti, des Patriarchen von Venedig?"

„Ja, genau so hieß er. Den müsst ihr ausquetschen. Als sein Freund müsste er ja wissen, wo Mondolo herkommt und wie lange er im Kloster war."

„Das ist ein bisschen viel verlangt. Man geht nicht einfach hin und befragt einen hohen Würdenträger."

„Hier geht es um die Aufklärung von zwei Mordfällen. Außerdem gehen die Würdenträger genauso aufs Klo wie du und ich. Also mach es einfach."

Marek kochte vor Wut. Er konnte diese verdammte Unterwürfigkeit gegenüber der Kirche und ihren Mitarbeitern in diesem Land nicht verstehen.

***

„Sie haben mich rufen lassen, *Eminenza*?"

„Ah, ja Monsignore, treten Sie näher. Ich möchte wissen, wann die Beerdigung des armen Padre, wie war doch gleich sein Name?"

„…Mondolo, *Eminenza*."

„Richtig, Mondolo… wann die Beerdigung stattfindet."

„Die Polizei hat seine sterbliche Hülle noch nicht

freigegeben.“

„Dann machen Sie Druck Forsacco. Ich habe beschlossen selbst an der Beisetzung teilzunehmen und nächste Woche würde es mir passen. Und sorgen Sie dafür, dass genügend Medienvertreter dabei sein werden. Es wäre gut für unsere Außendarstellung, denke ich.“

„Sehr wohl, *Eminenza*. Ich werde mich persönlich darum kümmern.“

„Schön. Wie weit sind Sie mit der Neubesetzung dieser Pfarrei in Caorle? Haben Sie schon Ersatz?“

„Ich habe drei Namen in der engeren Auswahl. Die entsprechenden Dossiers haben Sie schon in der Postmappe, *Eminenza*.“

„Schön, schön“, wiederholte der Kardinal und entließ seinen Sekretär mit einer Handbewegung.

Monsignore Forsacco verbeugte sich kurz und verließ das Büro.

„Wenn ich einmal auf diesem Stuhl sitze…“, dachte er kurz und eilte in sein Refugium.

***

„Die haben sich vielleicht angestellt“, schnaufte Ghetti, als er am Abend in Mareks Küche saß und über die neuesten Entwicklungen berichtete. „Ich habe zuerst in der Questura angerufen, doch der Vice Questore war schon im Wochenende und so ließ man mir gleich ausrichten, dass man weder Kardinal Moretti, noch seinen Sekretär zu befragen gedenke. Daraufhin habe ich die Kollegen der Carabinieri in Venedig angerufen, doch die empfahlen mir zuerst mit der Questura zu sprechen. Als ich sagte, dass man dort mein Anliegen bereits abgelehnt hatte, meinten sie, dass sie dann auch nichts mehr für mich tun könnten."

„Siehst du, genau das regt mich hier auf", schimpfte Marek, „aber ich sage dazu besser nichts mehr."

„Es gibt ja auch etwas Positives. Wir haben endlich Zugriff auf Padre Mondolos Kontodaten erhalten. Auf dem Konto war nichts Besonderes zu entdecken. Etwas über zweitausend Euro Guthaben und ein ganz normaler Zahlungsverkehr."

„Und was ist daran positiv?"

„Kommt ja noch. Der Padre hatte ein Schließfach. Als wir das geöffnet hatten, mussten wir doch einmal die Luft anhalten."

„Jetzt spann mich nicht so auf die Folter."

„In dem Schließfach waren fast einhunderttausend Euro Bargeld. Was sagst du nun?"

Marek starrte Ghetti einen Moment lang mit offenem Mund an, dann pfiff er durch die Zähne.

„Dafür muss eine alte Oma lange stricken. Von

seinem Pastorengehalt kann er das ja wohl schlecht zusammengespart haben."

„Wir haben schon eine Anfrage an die staatliche Lotteriegesellschaft gerichtet. Die überprüfen, ob das Geld aus einem Gewinn stammen könnte."

„Und was ist mit Kirchenvermögen?"

„Eigentlich ausgeschlossen. Da gibt es für jede Pfarrei ein eigenes Konto, aber nicht mit solchen Summen. Wenn eine Pfarrei eine größere Ausgabe tätigen will, läuft das über den zuständigen Bischof."

„Wir haben also zwei Mordopfer, die sich möglicherweise kannten, die zumindest die gleiche Tätowierung hatten und die irgendwann einmal zu viel Geld gekommen sind. Gibt es etwas Neues über die Pistole?"

„Noch nicht. Der Abgleich mit den älteren Fällen dauert länger, da die Akten noch nicht digitalisiert sind und wie es aussieht, auch nie sein werden", meinte Ghetti resigniert.

„Kopf hoch, du kannst ja nichts dafür. Ich werde noch einmal in mich gehen. Vielleicht habe ich irgendwas übersehen."

***

Es war Sonntag und die Ermittlungen schienen Pause zu machen. Es tat sich absolut überhaupt nichts. Selbst für Verbrecher schien der Sonntag in diesem Land heilig zu sein. Das war für Marek eine neue Erkenntnis, als er hierher gezogen war. Wenn er früher in einem Fall ermittelte, gab es keinen Sonn-, oder Feiertag. Hier war alles anders. Es war nahezu unmöglich an irgendwelche Informationen zu kommen, zumal man sich mit der Digitalisierung von Akten und der Einführung behördenübergreifender Datenbanken wirklich viel Zeit ließ.

Silvana hatte ihn gefragt, ob sie zusammen frühstücken wollten, was er nur zu gerne annahm. Endlich hatten sie einmal wieder Zeit nur für sich. Die Sonne schien aus einem wolkenlosen Himmel und so verbrachten sie den Nachmittag unter einem riesigen Sonnenschirm auf Silvanas Terrasse und ließen die Seele baumeln.

***

Wütend knallte Capitano Mambretti den Telefonhörer auf. Musste er sich am frühen Montagmorgen schon aufregen. Was bildeten sich diese Leute bloß ein. Nur weil ein Kardinal an einer Beerdigung teilnehmen will und ihm ein Termin in dieser Woche gerade in seinen Terminkalender passen würde, soll die Polizei springen. Sicher nicht. Und dann dieser Ton. Schließlich war er ja kein Befehlsempfänger dieses Monsignore Forsacco. Er rief nach Ghetti.

„Ich hatte gerade einen unerfreulichen Anruf von

diesem Sekretär des Patriarchen von Venedig. Er hat sich darüber beschwert, dass der Leichnam des Padre noch nicht zur Bestattung freigegeben wurde. Wie weit sind Sie damit?"

„Der endgültige Bericht von Dottore Lovati ist jetzt da, also würde einer Freigabe nichts im Wege stehen, aber da ist noch etwas, Capitano."

„So, was denn?"

„Dieser Sekretär von dem Sie sprachen…ist das Monsignore Forsacco?"

„Ja, kennen Sie den?"

„Nein, aber da er im Fernsehen sagte, er sei persönlich mit dem ermordeten Padre befreundet gewesen, wollte ich ihm ein paar Fragen zur Herkunft von Padre Mondolo und der Zeit vor dem Priesterseminar stellen. Da gibt es nämlich keine Informationen."

„Und? Hatten Sie Erfolg?"

„Nein. Die Kollegen in Venedig und auch der Vice Questore haben eine Befragung abgelehnt."

Mambretti bekam ein breites Grinsen ins Gesicht und rieb sich genüsslich die Hände.

„Sie werden Ihre Informationen bekommen, Ghetti. *Manus manum lavat.*"

„Das habe ich bei Marek auch schon einmal gehört."

„Ah, wie geht's dem Commissario? Hatten Sie

ihm meine Einladung ausgerichtet?"

„Ja, er kommt natürlich sehr gerne."

„Danke, Sie können gehen. Ich werde sie informieren."

Nachdem Ghetti das Büro verlassen hatte, rief er umgehend Monsignore Forsacco an.

„Capitano Mambretti, Monsignore. Ich könnte Ihnen mit der vorzeitigen Freigabe des Leichnams entgegenkommen."

„Das wird seine Eminenz sehr freuen, aber ich höre da einen gewissen Unterton. Was bedeutet *Sie könnten?*"

„Mein Kollege Maresciallo Ghetti hätte noch einige Fragen, die er Ihnen gerne stellen würde. Wenn es Ihnen recht ist, werde ich Ihnen stellvertretend diese Fragen stellen…"

„…deren Beantwortung Ihr Entgegenkommen beeinflussen oder beschleunigen wird", ergänzte Forsacco.

„Das haben Sie so gesagt."

„Gut, was möchten Sie wissen?"

„In einem Fernsehinterview nach der Ermordung von Padre Mondolo sagten Sie sinngemäß, dass Sie mit dem Padre auch persönlich befreundet waren. Trifft das zu?"

„Ja, das kann man so sagen. Warum ist das für Sie

so interessant?"

„Sehen Sie, wir suchen nach einem Motiv und da rollen wir den Lebenslauf des Toten natürlich auf. Bei Padre Mondolo kommen wir nur bis zu seiner Zeit im Kloster Follina zurück. Davor scheint er nicht existent gewesen zu sein. Die Brüder im Kloster verweigern jegliche Auskunft über den Zeitpunkt des Eintritts oder die Vergangenheit von Mondolo. Da dachten wir, dass Sie, als sein Freund, etwas Licht ins Dunkel bringen könnten."

„Da muss ich Sie leider enttäuschen Capitano. Ich habe ihn erst nach seiner Priesterweihe kennengelernt. Ich habe damals einige Pfarreien in der Umgebung von Castelfranco Veneto inspiziert. Tut mir sehr leid Capitano."

„Na gut, da kann man nichts machen."

Mambretti versuchte seine Enttäuschung zu verbergen.

„Ich stehe natürlich zu meinem Wort und werde die Freigabe noch heute veranlassen."

„Vielen Dank, Capitano."

***

Ghettis Stimme klang wenig begeistert, als er seinem Freund Marek von der erfolglosen Befragung Forsaccos berichtete.

„ Der Capitano hat dabei so etwas wie *manus ma-*

num lavat gesagt, was bedeutet das?"

Marek musste schmunzeln.

„Um es mal mit Goethe zu sagen:

…Hand wird nur von Hand gewaschen;
Wenn du nehmen willst, so gib!

Das war ein Deal", lachte er. „Clever, dein Chef. Leider kam für uns nichts Zählbares dabei heraus. Mir ist allerdings etwas eingefallen. Ihr wolltet doch überprüfen, ob Padre Mondolo ebenfalls aus Belluno stammte. Wie weit seid ihr?"

„Mist, hab ich vergessen. Ich schicke gleich eine Anfrage an die Kollegen. Bis morgen."

Da er im Moment ohnehin zur Untätigkeit verdammt war, machte es sich Marek mit einem Buch in seinem Sessel bequem.

8

Rita Sacchi hatte das Schaufenster ihrer kleinen, aber exklusiven Boutique, in der Largo Panfilo Castaldi in Feltre, fertig dekoriert. Zum letzten Mal in diesem Jahr stellte sie Sommerbekleidung aus. Ab August soll dann die neue Herbstkollektion ins Fenster kommen. Sie war gut gelaunt. Der Tag heute hatte sich wieder rentiert. Einige betuchte Touristen hatte ihr fast das ganze Schaufenster leer gekauft.

Da die Filiale ihrer Bank schon geschlossen hatte und keinen Nachttresor besaß, verstaute sie die Tageseinnahmen in einer kleinen Kassette und deponierte diese in einem eingemauerten Wandtresor in ihrem Büro hinter dem Geschäft. Sie glaubte das Geld dort sicher, da die Fenster massiv vergittert waren und der Raum mit einer Metalltüre verschlossen wurde. Nachdem sie die Alarmanlage und die Zeitschaltuhr für die Schaufensterbeleuchtung eingeschaltet hatte, ging sie nach oben in ihre Wohnung, direkt über dem Geschäft.

Rita Sacchi war eine attraktive Mittvierzigerin mit schulterlangem, mahagonifarbenem Haar. Sie lebte alleine. Aus irgendeinem Grund war sie nicht in der Lage eine Beziehung aufzubauen. Ein paar lose

Freundschaften, mit denen man sich gelegentlich zum Essen oder auf einen Caffè traf, das war es. Trotzdem war sie mehr als zufrieden mit dem, was sie aus ihrem Leben gemacht hatte.

Sie streifte sich ihre Schuhe ab und ging in die Küche, um sich ein Glas Wein einzuschenken. Die Kühle der Bodenfliesen war angenehm und tat ihren Füßen gut, nachdem sie fast den ganzen Tag im Stehen verbracht hatte. Sie trank einen Schluck und schlenderte dann ins Badezimmer um sich ein schönes, warmes, entspannendes Bad einzulassen. Im Wohnzimmer hatte sie bereits ihren flauschigen Bademantel bereitgelegt, in den sie dann später schlüpfen und es sich auf der Couch bequem machen wollte. Gerade als sie anfing ihre Bluse aufzuknöpfen, läutete es an der Tür.

„Verdammt, wer kann das jetzt sein?", dachte sie, knöpfte ihre Bluse wieder zu und sah durch den Türspion. Es war niemand zu sehen. Sie ging zum Fenster, aber auch vor dem Haus war niemand.

Es läutete noch einmal. Wütend öffnete sie die Tür, doch diesmal stand jemand davor. Vor Schreck hätte sie beinahe geschrien. Mit offenem Mund starrte sie ihren Besucher an.

„*Buona sera Rita*", sagte der Mann und blieb regungslos stehen.

Als sie sich gefasst hatte, kam auch langsam der Moment des Erkennens.

„Du?", musterte sie überrascht ihren Besucher von Kopf bis Fuß. „Bist du es wirklich?"

„Leibhaftig", entgegnete er lächelnd, „aber möchtest du einen alten Freund nicht herein bitten?"

„Natürlich, bitte", antwortete sie, noch immer ein wenig verwirrt und ließ ihn eintreten. „Geradeaus, ich muss nur noch das Badewasser abdrehen."

„Das ist lange her", sagte sie, als sie zu ihm ins Wohnzimmer kam, „setz dich doch."

„Ja, sehr lange."

„Möchtest du ein Glas Wein?"

„Danke, sehr gerne."

Sie eilte in die Küche und kam mit einer Flasche und zwei frischen Gläsern zurück.

„Salute, du hast ein gutgehendes Geschäft wie ich sehe, meine liebe Rita."

„Ja, ich kann nicht klagen, aber du, wie ist es dir ergangen? Ich hatte nichts mehr gehört. Weder von dir, noch von den anderen."

„Tja, wie ist es mir ergangen? Du siehst doch, was aus mir geworden ist. Ihr habt alle neu angefangen; mit meinem Geld neu angefangen."

„Ich habe von dem Geld keine Lira gesehen. Das kannst du mir glauben. Ich habe seit diesem Tag keinen mehr von euch gesehen. Das Geld hattet *ihr* ja außerdem mitgenommen."

„Und ihr habt es später aufgeteilt."

„Nein, so war es nicht. Das schwöre ich dir."

Ihr Besucher erhob sich und wanderte im Zimmer umher. Nervös beobachtete sie ihn aus den Augenwinkeln. Er war hinter ihr stehen geblieben. Plötzlich merkte sie, wie ihr etwas um den Hals gelegt und fest zugezogen wurde.

„Ihr habt mich im Stich gelassen!", presste er hervor, während er die Schlinge immer fester um ihren Hals zusammenzog. „Ihr hättet mich einfach verrecken lassen und jetzt seid ihr dran. Einer nach dem anderen. Na, wie fühlt sich das an?"

Sie zappelte und trat wild um sich, doch letztendlich hatte sie keine Chance. Alles Leben war aus ihrem Körper entwichen, der nun schlaff auf der Couch lag, die Augen weit aufgerissen und blutunterlaufen.

Der Mann entkleidete sie und zog ihr den Bademantel über. Dann trug er sie ins Bad und legte sie in die Wanne. Die Weingläser stellte er ins Spülbecken und ließ heißes Wasser darüber laufen, bis sie ganz bedeckt waren. Dann gab er noch etwas Spülmittel dazu. Zufrieden blickte er sich um und verließ die Wohnung.

Die Dämmerung war schon heraufgezogen, als der schwarze Mercedes langsam die Largo Panfilo Castaldi entlang fuhr, in die Via Giuseppe Garibaldi einbog und verschwand.

***

Das Wetter war über Nacht umgeschlagen. Ein kühler Wind aus Nordwest brachte dichte Wolken und Regen. Die Temperaturen waren um zehn Grad gefallen, die Strände menschenleer. Die Touristen, die sonst um diese Zeit mit ihren bunten Luftmatratzen ans Meer eilten, saßen nun unter den schützenden Markisen der Cafés und Restaurants.

Marek hatte auch keine Lust bei diesem Wetter das Haus zu verlassen, aber sein Kühlschrank musste dringend aufgefüllt werden. So kletterte er in seinen alten Lada und fuhr zum Supermarkt in der Via dei Calamari. Da er seine Einkäufe diesmal nicht selbst tragen musste, packte er seinen Einkaufswagen richtig voll. Natürlich konnte er wieder nicht an der Pasticceria vorbei, ohne sich ein paar seiner geliebten *Cannoli* zu kaufen.

Während er seine Einkäufe im Kofferraum verstaute, dachte er an den ersten Fall, den er damals zusammen mit Ghetti aufklären konnte und der für ihn genau hier seinen Ausgangspunkt hatte.

Auf dem Rückweg hielt er beim *Roma* um zu frühstücken. Luca hatte ihm gerade seinen Cappuccino gebracht, als sein Handy klingelte.

„Du wirst es nicht glauben", schnaufte Ghetti aufgeregt.

„Dann versuch es doch einfach", meinte Marek und biss in sein Cornetto.

„Ich hatte gerade einen Anruf von der Questura in Belluno. Die Beretta, die wir bei Mori fanden, ist aktenkundig. Sie wurde vor sechsundzwanzig Jahren bei einem Bankraub benutzt."

„Prima, und auf wen ist sie zugelassen?"

„Sie war auf einen gewissen Antonio Briatore zugelassen, aber der ist schon lange tot und die Waffe wurde ihm Jahre vor dem Bankraub bei einem Einbruch gestohlen."

„Scheiße, wäre auch zu schön gewesen. Hast du schon etwas über die Herkunft von Mondolo?"

„Nein, da erwarte ich jeden Moment Nachricht."

„Gut, wir kommen der Sache langsam näher. Melde dich, sobald du etwas hast. *Ciao Michele.*"

Marek steckte sich eine Zigarette an und grübelte, während der plötzlich einsetzende Regen ein eintöniges, prasselndes Geräusch auf der Markise verursachte.

„Das könnte doch sein", dachte er, trank seinen Cappuccino aus, stieg in seinen Lada, den er glücklicherweise direkt neben der Bar geparkt hatte und fuhr nach Hause. Dort verstaute er eilig seine Einkäufe, setzte sich an seinen Schreibtisch und notierte die neuesten Erkenntnisse auf kleine Zettel, die er zu den anderen an die Wand heftete. Dann steckte sich eine Zigarette an, lehnte sich zurück und überdachte das Szenario dieses seltsamen Falls.

***

Einige Zigaretten später griff Marek nach seinem Telefon und rief Ghetti an.

„Du hast doch gesagt, dass die Beretta bei einem Bankraub verwendet wurde. Du musst dir die Akte besorgen."

„Und warum?"

„Da läuft alles zusammen. Dieser Bankraub hat garantiert etwas mit unseren beiden Morden zu tun. Davon bin ich überzeugt."

„Wenn du meinst. Ich werde den Vorgang gleich beantragen. Ich weiß nur nicht, ob wir die Unterlagen bekommen."

„Wieso das denn?"

„Weil der Fall damals von der Polizia di Stato bearbeitet wurde und sie ihn nicht aufklären konnten."

„Schon wieder dieses elende Kompetenzgerangel", schimpfte Marek, „dann schalte halt wieder deinen Chef ein. So wie im letzten Jahr mit dem

Questore in Triest. Da ging es ja dann auch."

„Ich versuche es, aber ich hätte dich ohnehin gleich angerufen. Ich habe die Infos zu Mondolo gerade bekommen. Du hattest recht, er stammt auch aus Belluno."

„Na bitte", meinte Marek zufrieden, „alle Spuren führen dorthin."

Da es aufgehört hatte zu regnen, unternahm er einen Spaziergang auf dem Damm entlang des Canale dell' Orologio. Hierhin zog es ihn immer, wenn er in Ruhe nachdenken, oder seine Gedanken sortieren wollte. So auch diesmal. Er brauchte wieder eine ungetrübte Sicht auf das große Ganze und durfte sich nicht von Nebenschauplätzen, wie die hier üblichen Kompetenzstreitigkeiten, ablenken lassen.

9

„*Ciao Roberto*. Ich wollte dir nur Bescheid sagen, dass ich heute Abend nicht mit dir essen gehen kann."

„So, und warum diesmal nicht?"

„Sei nicht beleidigt. Ich muss dringend nach Feltre. Dort hat man die Leiche einer Boutique Besitzerin in ihrer Badewanne gefunden."

„Und warum musst du dahin? Was ist daran so interessant? Vielleicht hatte sie nur keine Lust mehr Klamotten zu verkaufen und hat sich mit ihrem Föhn in die Wanne gelegt."

„Jetzt sei nicht albern. Es sind die Umstände. Sie hatte einen Bademantel an, nur den Gürtel hatte sie um den Hals. Es war Mord. Deshalb soll ich darüber schreiben. So, und jetzt muss ich los. *Ciao caro*."

„Schön zu wissen, dass wo anders auch gemordet wird und nicht nur hier um mich herum", dachte Marek und fügte sich in sein Schicksal.

***

Der Vice Questore in Belluno war überraschend entgegenkommend, als er hörte, dass sich die Möglichkeit ergab die Täter des Bankraubs von damals doch noch zu erwischen. Besonders, da einer der verletzten Polizisten noch am Tatort seinen schweren Verletzungen erlegen war.

„Ich kann ihnen die Akte morgen per Kurier schicken lassen."

Ghetti überlegte einen Moment, dann kam ihm ein Gedanke.

„Nicht nötig, Vice Questore. Wenn es Ihnen recht ist, würde ich sie heute noch bei Ihnen abholen. Ist das möglich?"

„Gerne, wie Sie wollen, Maresciallo. Ich lasse die Akte bereitlegen. Hoffentlich schnappen wir das Schwein diesmal."

„Das hoffe ich auch. Vielen Dank."

Ghetti war das bestimmende *wir* nicht verborgen geblieben. Natürlich wollte der Vice Questore seinen Anteil an einem möglichen Erfolg, aber das war in diesem Fall auch nur zu verständlich. Das würde Capitano Mambretti bestimmt auch so sehen. Zu dem musste er nun ohnehin, um sich die Erlaubnis für die Fahrt nach Belluno zu holen.

„Kommen Sie herein, Ghetti. Was gibt es neues in den beiden Mordfällen?"

Der Maresciallo salutierte.

„Wir glauben, dass beide Fälle mit einem Bankraub zusammenhängen, der vor sechsundzwanzig Jahren in Belluno verübt und bis heute nicht aufgeklärt wurde."

„Wir?", fragte Mambretti schmunzelnd. „Ist Ihr Freund Marek jetzt doch wieder mit an Bord?"

„*Si, Capitano*."

„Gut, halten Sie diese Spur für vielversprechend?"

„Ja, und daher wollte ich um die Erlaubnis ersuchen, nach Belluno fahren zu dürfen. Der Vice Questore dort übergibt uns die Akte zu diesem Bankraub."

„Was? Freiwillig?", fragte Mambretti erstaunt.

„*Si, Capitano*."

„Schön, Erlaubnis erteilt. Halten Sie mich bitte weiter auf dem Laufenden."

Ghetti salutierte wieder und verließ erleichtert das Büro seines Vorgesetzten. Dann rief er Marek an, der natürlich sofort mitfahren wollte.

***

Es hatte aufgehört zu regnen. Ghetti parkte seinen Alfa direkt vor der Questura, einem schönen Gebäude mit Säulen vor dem Eingang, auf denen ein großer Balkon thronte.

„Dahinter liegt bestimmt das Büro des Vice Questore", dachte Marek.

Die Fenster hatten hölzerne Klappläden und waren im Erdgeschoss vergittert. Der Sergente, der vor dem Eingang eine Zigarette rauchte, begrüßte die beiden Besucher. Er war bereits informiert worden und händigte ihnen umgehend die Akte aus.

„Was machen wir nun?", fragte Ghetti, als sie wieder im Auto saßen.

„Wenn du mich schon fragst, könnten wir kurz nach Feltre fahren? Ist ja nicht so weit."

„Was willst du denn in Feltre?"

„Silvana ist gerade dort. Sie muss über einen Mordfall berichten. Ich dachte, wir könnten mal hallo sagen."

Ghetti musste schmunzeln.

„Und du hast keine Hintergedanken dabei?"

„Nein, natürlich nicht", entgegnete Marek mit gespielter Entrüstung.

„Na dann los."

***

Marek hatte Silvana von unterwegs aus angerufen. Sie würde in einem Café in der Nähe von Rita Sacchis Boutique auf sie warten.

Als sie knapp vierzig Minuten später das Café betraten, saß Silvana vor ihrem Laptop und schrieb ihren Artikel. Marek bestellte Cappuccino für alle und ein paar *Cornetti*, die aber, sehr zu seinem Leidwesen, nicht gefüllt waren.

„Moment noch, ich muss das gerade noch fertig schreiben und abschicken", murmelte sie, ohne den

Kopf von ihrem Rechner zu heben.

„Wir haben Zeit", meinte Marek und begann mit Ghetti in der Akte des Banküberfalls zu lesen.

„So, das war's."

Silvana hatte ihr Notebook zugklappt.

„Ich will ja nicht neugierig erscheinen, aber was lest ihr da?"

„Och, das ist die Polizeiakte über einen Bankraub, der sich vor über zwanzig Jahren in Belluno ereignet hat und bis heute nicht aufgeklärt werden konnte", murmelte Marek, ohne den Blick von den Papieren zu heben.

Silvana konnte dieses gleichgültige Verhalten von ihm nicht ertragen und er wusste, dass er sie, falls er es übertrieb, damit zur Weißglut brachte. Auf ihrer Stirn bildete sich die erste Zornesfalte, wie er aus dem Augenwinkel bemerkte.

„Roberto!", fauchte sie ihn an und Ghetti hatte das Gefühl bald in Deckung gehen zu müssen.

„Ist ja gut, *cara*", grinste Marek, „Michele hat herausgefunden, dass die Pistole, die wir bei Mori gefunden haben, vor sechsundzwanzig Jahren bei eben diesem Bankraub benutzt wurde. Der Vice Questore hat uns die Akte freundlicherweise überlassen und wir wollen nun sehen, ob es da noch mehr Verbindungen zwischen dem Bankraub und unseren Morden gibt."

„Der überlässt euch einfach so diese Akte?"

„Hat uns auch gewundert, aber vielleicht hofft er, dass die Täter noch gefasst werden, denn bei dem Überfall wurde ein Polizist getötet."

„Ich hoffe, dass du mich auf dem Laufenden hältst, sonst verrate ich dir nicht, was ich hier herausgefunden habe."

Marek und Ghetti sahen sich verwundert an.

„Das diese Modetante ermordet wurde? Das hattest du mir doch schon erzählt."

Jetzt dreht Silvana den Spieß um und ließ die anderen zappeln.

„Was, wenn ich dir sage, dass dieser Mord etwas mit euren Morden in Caorle zu tun haben könnte?"

Jetzt war es Marek, der gespannt auf weitere Informationen wartete.

„Nun komm schon. Lass mich nicht dumm sterben", maulte er.

„Jetzt siehst du mal, wie das ist, mein Lieber."

Silvana kostete die Situation weidlich aus.

„Also, die Tote hieß Rita Sacchi, war fünfundvierzig Jahre alt und stammte aus Belluno. Ihre Boutique ist ein Stück weiter vorne auf der anderen Straßenseite. Mode vom feinsten. Im Fenster hat sie ein Kleid, da könnte…"

„Silvana!"

„Schon gut. Ihre Wohnung liegt direkt über dem Geschäft. Als ihre Verkäuferin heute Morgen zur Arbeit erschien, wunderte sie sich, dass der Laden noch nicht geöffnet hatte. Das empfand sie als höchst ungewöhnlich, da Signorina Sacchi immer zuerst im Geschäft war. Sie ging dann nach oben, um nach ihr zu sehen…"

„Hatte sie einen Schlüssel?"

„Nur für den Laden, nicht für die Haustür oder die Wohnung. Sie kam durch den Laden ins Treppenhaus. Oben rief sie nach der Signorina und als sie keine Antwort erhielt und läuten wollte, bemerkte sie, dass die Tür nur angelehnt war. Sie ging dann hinein und fand ihre Chefin in der Badewanne. Nach ihren eigenen Angaben konnte sie vor Schreck nicht einmal schreien. Als sie sich dann einigermaßen gefasst hatte, rannte sie hinunter und rief vom Geschäft aus die Polizei."

„Schön, aber wie kommst du darauf, dass dieser Mord mit den anderen in Zusammenhang steht?"

„Nur Geduld, das kommt noch. Die Tote hatte nur einen Bademantel an, mit dessen Gürtel sie erdrosselt wurde und der noch um ihren Hals geschlungen war. Da dieser Capitano, der hier die Ermittlungen leitete, nicht besonders auskunftsfreudig war, habe ich mit einem jungen Brigadiere etwas geflirtet..."

„Hey, Hey...", spielte Marek den Eifersüchtigen.

„...und der hat mir dann erzählt", fuhr Silvana unbeeindruckt fort, „dass die Kleidung der Signorina sorgsam zusammengefaltet im Wohnzimmer lag. Außerdem standen im Spülbecken zwei Weingläser im Spülwasser. Fingerabdrücke daher Fehlanzeige."

„Das würde zum Fall Mori passen", warf Ghetti ein, der bis dahin gespannt zugehört hatte.

„Stimmt, das hatte Roberto mir ja erzählt und das ist der eine Grund, warum ich an einen Zusammenhang glaube. Nun kommt aber der endgültige Beweis."

Sie legte eine kleine Kunstpause ein, um die Spannung zu steigern und betrachtete amüsiert die fragenden Gesichter von Marek und Ghetti.

„Nachdem der nette Brigadiere mir das erzählt hatte, bin ich einer Ahnung folgend in die Pathologie des Ospedale Civile nach Belluno gefahren. Dort kam ich schnell mit der zuständigen Rechtsmedizinerin ins Gespräch. Als ich sie nach Besonderheiten an der Leiche fragte, gab sie mir nach kurzem Zögern dieses Foto."

Triumphierend legte Silvana ein kleinformatiges Farbfoto auf den Tisch. Marek betrachtete das Bild und sah dann seine Freundin anerkennend an.

„Gute Arbeit. Du solltest zur Polizei gehen."

Das Foto zeigte einen Teufelskopf mit der Zahl dreizehn zwischen den Hörnern.

„Signorina Sacchi hatte die Tätowierung allerdings nicht auf dem Unterarm wie die ersten beiden Opfer. Sie hatte das Tattoo oberhalb des Steißbeins."

Marek küsste Silvana auf die Stirn.

„Sehr gut gemacht, danke. Jetzt kommen wir ein Stück weiter."

„Ich weiß ja nicht, was ihr noch so vorhabt, aber ich muss zurück in die Redaktion."

„Wir fahren auch und führen uns diese Akte einmal zu Gemüte."

***

Bis spät in den Abend hinein studierten Marek und Ghetti die Fall Akte und die Notizen häuften sich auf dem Küchentisch. Auch nachdem Ghetti gegangen war grübelte Marek weiter über den Papieren. Da er sich in Belluno nicht auskannte, suchte er einen Stadtplan im Internet und druckte ihn aus. So konnte er sich eine genauere Vorstellung von den Örtlichkeiten machen. Mit einem Rotstift markierte er den Tatort und zeichnete, soweit es möglich war, die Fluchtwege der Täter ein. Laut Aussage der Polizisten vor Ort, sind drei Personen nach einem ersten Schusswechsel in die Gasse neben der Bank ver-

schwunden. Gleichzeitig sei ein dunkler Fiat losge-
fahren, der vor der Bank parkte. Wahrscheinlich das
Fluchtauto und der Fahrer hatte bei der Schießerei
kalte Füße bekommen. Ein Täter war verletzt und lag
noch auf dem Boden. Bei dem Versuch ihn festzu-
nehmen kam es zu einem weiteren Schusswechsel,
bei dem ein Polizist tödlich getroffen wurde. Das
tödliche Projektil stammte aus der Beretta, die sie bei
dem ermordeten Mori fanden. Der verletzte Täter
konnte dann ebenfalls in die Gasse flüchten, seine
Spur wurde aber von den angeforderten Suchhunden
aufgenommen und verfolgt. Marek zeichnete den
Fluchtweg ein. Vor einer Kirche verlor sich jedoch
die Spur.

„Clever", dachte Marek, „erst weg vom Tatort
und dann zurück in die entgegengesetzte Richtung.
Das brachte ihm einen kleinen Vorsprung ein."

Er kaute auf seinem Stift herum. Warum verliert
sich die Spur an dieser Stelle? Er wurde ja sicher
nicht mit einem Hubschrauber abgeholt.

„Warum ausgerechnet vor einer Kirche?", murmelte Marek.

Die Polizei hatte zwar den Pfarrer gefragt, aber er
hatte niemanden vorbeikommen gesehen und ein
Priester sollte ja nicht lügen.

„So kommen wir nicht weiter", dachte er deprimiert und eine bleierne Müdigkeit übermannte ihn. Er legte den Kopf auf die Arme und schlief am Küchentisch ein.

***

Träumte er, oder war der Schmerz real, der von seinem Genick über die Schultern in den Rücken zog. Marek hob vorsichtig den Kopf. Der Schmerz wurde stärker. Draußen war es noch dunkel, aber weit im Osten konnte man schon einen schmalen, hellen Streifen am Himmel erkennen. Er sah auf die Uhr. Es war kurz nach vier. Marek streckte sich und betrachtete die Papierstapel auf seinem Küchentisch. An Schlaf war jetzt nicht mehr zu denken. Er trank einen Schluck Wasser, setzte die Caffettiera auf den Herd und steckte sich eine Zigarette an. Er versuchte sich daran zu erinnern an was er gerade dachte, bevor er einschlief. Es muss etwas Wichtiges gewesen sein, was ihm aber da noch nicht so bewusst war.

Die Caffettiera fing an zu blubbern und verbreitete den Duft von frischem Caffè in der Küche. Marek schenkte sich eine Tasse ein und rührte einen Löffel Zucker hinein. Draußen wurde es langsam hell. Er öffnete das Fenster und hoffte, dass die noch recht frische morgendliche Brise sein Hirn freipusten würde. Sein Blick fiel dabei auf den ausgedruckten Stadtplan von Belluno, in dem er, soweit sie bekannt waren, die Fluchtwege der Täter eingezeichnet hatte. Dann las er noch einmal aufmerksam das Protokoll der Hundeführer. Genau das war ihm gestern aufgefallen, aber er hatte diesem Detail noch keine Bedeutung beigemessen. In diesem Protokoll stand, dass die Hunde die Spur des verletzten Täters bis zur Kirche *San Giovanni Bosco* verfolgt und dort verloren hätten. Die hatten die Spur nicht verloren, die Hunde hatten die Spur vor der Kirche verbellt, weil der Verletzte in die Kirche gelangt sein musste. Statt in der Kirche zu suchen, hatte sich die Polizei mit der Aussage des Priesters zufrieden gegeben. Er steckte sich noch eine Zigarette an und las noch einmal die Aussage des Padre.

...er hat niemanden, auf den die Beschreibung des Täters passen könnte, hier vorbeikommen gesehen...

„Natürlich nicht", dachte Marek, „er hat ihn vor der Kirche gefunden und mit hinein genommen. Damit hatte er, genau genommen, nicht einmal gelogen."

Am Anfang stand im Protokoll etwas von einem größeren Blutfleck an der Stelle, wo der angeschossene Täter gelegen hatte. Später aber ist nichts über Blutspuren zu lesen. Schlamperei! Wenn der lokal schon so viel Blut verloren hatte, dann müssen auf dem Fluchtweg auch Spuren gewesen sein. Wahrscheinlich hatte er auf seiner Flucht sehr viel Blut verloren und war vor der Kirche zusammengeklappt. Aber um das genauer ermessen zu können, musste er noch einmal vor Ort. Er sah auf die Uhr. Es war noch zu früh um Ghetti aus dem Bett zu werfen. Also schenkte er sich noch einen Caffè ein und machte sich ein paar Notizen. Seine Laune hatte sich schlagartig gebessert und er verspürte wieder dieses Kribbeln im Bauch, was sich immer einstellte, wenn ein Fall in seine entscheidende Phase ging.

Marek nahm eine ausgiebige Dusche und kleidete sich an. Dann war Ghetti dran.

„*Buon giorno, Michele*. Ich hoffe, ich habe dich nicht geweckt."

„Doch, aber ich hätte ohnehin gleich aufstehen müssen. Was treibt dich denn so früh aus dem Bett?"

„Ich habe die Nacht in der Küche verbracht. Die Sache hat mir keine Ruhe gelassen. Nachdem du gegangen warst, hab ich mir das Ganze noch einmal durchgelesen. Dann habe ich mir einen Stadtplan von Belluno ausgedruckt und die Fluchtwege eingezeichnet. Dabei sind mir ein paar Dinge aufgefallen, die ich am Anfang nicht so wichtig genommen hatte. Wir müssen unbedingt noch einmal dorthin. Heute noch."

„Ich kann nicht einfach…"

„Vorher musst du noch etwas recherchieren", ignorierte Marek einfach Ghettis Einwand.

„…hörst du mir zu? Ich kann nicht einfach wieder im Dienst nach Belluno fahren. Dazu brauche ich die Genehmigung des Capitano."

„Du musst unbedingt herausfinden, wer damals der Pfarrer von *San Giovanni Bosco* war, ob der noch unter den Lebenden weilt und wenn ja, seine Adresse. Wir müssen ihm ein paar Fragen stellen."

„Ich bekomme bestimmt keine Erlaubnis", jammerte Ghetti, „der schmeißt mich höchstens hochkant aus seinem Büro."

„Wenn du ihm das richtig verkaufst hat er bestimmt nichts dagegen. Du kannst ihm ja sagen, dass daran auch die Aufklärung der Morde an Padre Mondolo und dem Möbelhändler hängt. Wenn das nicht reicht, kannst du ihm sagen, dass die Polizia di Stato damals bei den Ermittlungen fürchterlich geschlampt hat, dann ist er bestimmt einverstanden."

„Ich versuche es", resignierte Ghetti.

„Ruf mich an, wenn du die Informationen hast, oder besser, komm gleich damit zu mir. *Ciao*."

***

Als Ghetti später seinen Dienst in der Caserma angetreten hatte, wollte er den schweren Gang zu Capitano Mambretti als erstes hinter sich bringen.

Vor dem Büro seines Vorgesetzten strich er noch einmal seine Uniform glatt, holte tief Luft und klopfte an.

„*Avanti.*"

„*Permesso?*", er hatte die Türe einen Spalt weit geöffnet.

„Ah, Maresciallo. Kommen Sie herein. Was gibt es so dringendes?"

Ghetti salutierte, räusperte sich und trug dann hastig sein Anliegen vor. Doch entgegen seinen Befürchtungen hörte sich Mambretti alles in Ruhe an, um sich dann grinsend in seinem Sessel zurückzulehnen.

„Die Sache mit den schlampigen Ermittlungen stammt wohl von Ihrem Freund Marek, oder irre ich mich da?"

„Nein, Capitano, oder vielmehr doch. Also er hat es wohl herausgefunden und Sie irren sich nicht."

Nun war es heraus und Ghetti erleichtert. Jetzt wartete er nur noch auf die fällige Standpauke. Mambretti beugte sich wieder vor und spielte kurz mit einem Bleistift, den er in der Hand hielt.

„Nun gut, Maresciallo. Sie bekommen freie Hand für diesen Fall, da die alte Geschichte auch meiner Meinung nach mit den beiden Morden hier in Zusammenhang steht. Auf Mareks Spürnase konnten wir uns bislang auch immer verlassen. Nur eines noch Ghetti. Achten Sie bitte darauf, dass es keine Konfrontation mit der Polizia di Stato gibt und haben Sie ein Auge auf Marek, damit er nicht wieder wie eine Dampfwalze alles überrollt, was sich ihm in den Weg stellt."

„Aber Capitano…", wollte Ghetti protestieren.

„Nichts aber, Sie wissen ja noch, wie es hier vor einem halben Jahr zuging. Das war wie im Chicago der 1920er Jahre. Dann noch die filmreife Schießerei in Rom. Also passen Sie auf."

„Sehr wohl, Capitano", salutierte Ghetti, „danke!"

10

„Der Priester heißt Giuseppe Petrucci, ist jetzt über achtzig und lebt noch in Belluno", berichtete Ghetti, als er sich mit Marek auf dem Weg eben dorthin befand.

„Prima", nuschelte Marek kauend und biss wieder in sein *Cornetto*. Dabei bestäubte er nicht nur sein Hemd und seine Hose, sondern auch den Sitz und den Teppich von Ghettis Dienstwagen mit Puderzucker. Dazu rieselten noch jede Menge Blätterteigkrümel auf den Boden.

„Tut mir leid, aber ich hab noch nicht gefrühstückt", meinte er entschuldigend, als er Ghettis missbilligenden Blick bemerkte. „Wir saugen ihn nachher auf einer Tankstelle aus, dann ist er wieder wie neu."

„Hast du die Adresse?", fragte er, nachdem er den letzten Bissen vertilgt hatte.

„Ja, er hat ein kleines Häuschen in der Via Giusto Navasa."

***

Nach über eineinhalb Stunden Fahrt parkte Ghetti den Wagen vor der Bank, die vor sechsundzwanzig Jahren Ziel des Überfalls war. Marek nahm seine

Notizen, stieg aus und klopfte sich den Staubzucker von Hemd und Hose.

„Hier zwischen diesen Bäumen, wo wir jetzt stehen, muss der Fiat geparkt haben. Der Fahrer blieb wohl im Wagen sitzen."

Sie gingen ein paar Schritte auf das Gebäude zu.

„Zwei sind da rein und zwei standen vor der Tür Schmiere, also haben wir fünf Täter. Die Kassiererin löst noch schnell den stillen Alarm aus und während dort drin das Geld zusammengepackt wird, kommt der erste Streifenwagen. Laut Protokoll hat der Wagen dort hinten geparkt. Die beiden Polizisten stiegen aus und inspizierten die Lage. Sie forderten Verstärkung an und näherten sich dann der Bank. Dabei wurden sie von einem der beiden am Eingang entdeckt. *Die Bullen* hätte er gebrüllt, so steht's zumindest im Protokoll, und dann sofort geschossen. Ein Polizist wurde am Arm und am Bein getroffen, der andere ging in Deckung. Die Verstärkung traf ein, als die beiden anderen Täter aus der Bank gerannt kamen und zum Auto wollten. Der Fahrer machte sich aber gerade da aus dem Staub und ließ die vier zurück. Die Schießerei begann. Zuerst wurde einer der Bankräuber getroffen und fiel hin. Wo er getroffen wurde, konnten die Polizisten später nicht genau sagen. Würdest du auf eine so kurze Distanz nicht merken, wo du deinen Gegner erwischt hast?"

„Doch, eigentlich schon, aber sie waren im Stress."

„Blödsinn, die hatten einfach Schiss. Machen wir weiter. Die anderen drei Täter verschwanden hier in der Gasse und ließen ihren Kumpel verletzt zurück. Er soll noch gerufen haben, dass sie ihn rausholen sollen, aber da waren sie offenbar schon über alle Berge. Die Polizisten dachten, der Verletzte wäre außer Gefecht gesetzt, doch als sich einer näherte, bekam er eine Kugel in den Kopf und der vierte Täter konnte auch in diese Gasse hier fliehen. Seinen Weg können wir gemäß Protokoll nachvollziehen. Komm jetzt."

Sie erreichten die Viale Medaglie D'Oro und wandten sich nach links.

„Die ersten drei können sich aufgeteilt haben und überall hin verschwunden sein. Bis nach ihnen gesucht wurde, ist zu viel Zeit vergangen. Aber der Verletzte ging hier lang und bog dann hier ab in die Via Sebastiano Barozzi."

Nach etwa hundert Metern erreichten sie die Via Francesco Pellegrini.

„Da vorne ist er über die Kreuzung. Das sind höchstens hundert Meter bis zur Bank und das noch auf Sichtweite. Das war clever. Er dachte zu Recht, dass ihn da am Anfang keiner suchen würde. Komm mit. Ist nicht mehr weit."

Nach weiteren zweihundert Metern standen sie vor der *Chiesa San Giovanni Bosco*.

„So, bis hierhin hatten ihm die Hunde folgen können und hier hatten sie dann angeblich die Spur verloren. Kein Spürhund verliert eine Blutspur. Das ist für die Tiere so, als ob du einem Fass Buttersäure folgen würdest. Das geht nicht! Diese Dilettanten haben damals alles übersehen. Nirgends wird im Protokoll erwähnt, dass man Blutspuren gesichert und untersucht hätte. Es wurde nur die Blutlache vor der Bank erwähnt. Jetzt stell dir vor, du hast so viel Blut verloren und hetzt den Weg entlang, den wir gerade gekommen sind…"

„…dann grenzt es schon an ein Wunder, dass er es bis hierher geschafft hat", ergänzte Ghetti.

„Genau. Ich denke, er ist hier zusammengeklappt, der Pfarrer hat ihn gefunden, ihn in die Kirche gebracht und verarztet. Deshalb müssen wir mit dem Mann reden."

***

Vor einem schmucken, kleinen Haus stellte Ghetti den Wagen ab. Das Haus und der Garten machten einen sehr gepflegten Eindruck. Das Gartentor stand offen und so stiegen sie die fünf Stufen zum Eingang hinauf. Auf ihr läuten öffnete ihnen ein rüstiger alter

Herr mit schlohweißen Haaren. Er trug eine schwarze Hose und ein weißes Hemd. Seine hellgrauen, wachen Augen musterten die Besucher.

„*Buon giorno, signor Petrucci*. Ich bin Maresciallo Ghetti und dies ist Commissario Marek. Wir hätten ein paar Fragen an Sie, wenn Sie gestatten."

„Ich wüsste nicht, womit ich der Polizei helfen könnte, aber kommen Sie doch erst einmal herein. Wenn es recht ist, gehen wir durch in den Garten."

Dort bat er seine Besucher unter einem großen Sonnenschirm Platz zu nehmen.

„Caffè? Ich wollte mir gerade einen machen."

„Gerne, vielen Dank."

Nachdem er seine Gäste versorgt hatte, ließ er sich in einen Korbsessel fallen.

„So, dann erzählen Sie mal, wie ich ihnen helfen kann."

„Kommen wir gleich zur Sache", begann Marek. "Vor sechsundzwanzig Jahren wurde die *Banca Popolare Friuladria* in der Via Vittorio Veneto überfallen. Dabei wurde ein Polizist getötet und ein anderer verletzt. Einer der Täter wurde ebenfalls verletzt, konnte aber entkommen. Sie waren damals Pfarrer von *San Giovanni Bosco* und genau vor dieser Kirche endet die Spur."

Die Miene des alten Mannes hatte sich verfinstert.

„Ich habe damals der Polizei alles gesagt, was es zu sagen gab, oder glauben Sie etwa, ich habe gelogen?"

„Nein, das glaube ich nicht. Die Polizei hat nur die falsche Frage gestellt. Ich glaube, der Mann ist vor der Kirche zusammengebrochen und Sie haben ihn in die Kirche gebracht um ihm zu helfen. Deshalb hier von mir die richtige Frage: Haben Sie ihm damals geholfen?"

Marek und Ghetti sahen, wie es im Kopf des ehemaligen Pfarrers arbeitete, wie er von einem Gewissenskonflikt geplagt wurde und das wegen einer Sache, die er schon längst vergessen glaubte.

„Bevor ich Ihnen antworte, gestatten Sie mir bitte eine Frage."

„Natürlich, was möchten Sie wissen?"

„Warum jetzt? Warum ist diese alte Geschichte für Sie so wichtig?"

„Das können wir ihnen gerne beantworten. Wir haben bei uns in Caorle zwei Mordfälle, die offenbar eine Verbindung haben. Das erste Opfer war übrigens ein Pfarrer. Beim zweiten Opfer fanden wir die Waffe, mit der damals bei dem Überfall der Polizist erschossen wurde. Daher der Bezug zu diesem alten Fall. Gestern wurde in Feltre eine ermordete Frau aufgefunden und auch dieser Mord hat offenbar eine

Verbindung dazu. Verstehen Sie nun unser Interesse daran?"

Der alte Mann sah sie an und Traurigkeit sprach aus seinem Blick.

„Danke für Ihre Offenheit. Ich verstehe und werde Ihnen alles erzählen, was ich die ganzen Jahre in mir verschlossen hatte. Ich habe oft mit mir gekämpft, glauben Sie mir. Es hat sich in etwa so zugetragen, wie Sie es vermutet haben. Ich weiß nicht, ob Sie den Begriff Kirchenasyl kennen. Damit habe ich mein Gewissen beruhigt, da ich diesem Mann ja Kirchenasyl gewährte."

„Ja, ist mir bekannt", sagte Marek ernst und Ghetti nickte zustimmend, „ich wusste nur nicht, dass man auch Mörder damit vor ihrer Verhaftung schützen sollte."

„Das wusste ich anfänglich nicht. Ich wollte damals gerade die Kirche verlassen und ins Pfarrhaus gehen. Da lag dieser Mann vor der Tür und blutete stark. Er war zu schwach um alleine aufzustehen. Also half ich ihm auf und brachte ihn in einen Raum neben der Sakristei, in den ich mich immer zurückzog, wenn ich einmal für mich sein wollte und Ruhe brauchte. Dort stand eine Liege. Ich legte ihn darauf und sah mir dann seine Wunde an. Erst da bemerkte ich, dass es eine Schussverletzung war."

„Wo war diese Schusswunde?"

„In seiner linken Schulter. Er musste schon viel Blut verloren haben. Ich sagte ihm, dass ich einen Arzt rufen müsste, was er aber nicht wollte. Er war aber viel zu schwach um sich zu wehren, also rief ich einen Freund an. Er war Arzt und wir waren seit der Schulzeit befreundet. Gott hab' ihn selig. Ich wusste, er würde keine Fragen stellen. Er kam sofort, entfernte die Kugel und versorgte den Mann. Während dessen hörte ich draußen Hundegebell und Polizeisirenen. Ich ging hinaus und machte mich schon darauf gefasst, das Kirchenasyl zu verteidigen. Vor der Kirche standen mehrere Polizisten mit Hunden. Dann kam noch ein weiterer Polizeiwagen mit Blaulicht. Einer der Polizisten kam auf mich zu, gab mir eine Personenbeschreibung des Mannes, der gerade in meiner Kirche ärztlich versorgt wurde, und fragte mich dann, ob diese Person hier vorbeigekommen sei. Da fiel es mir natürlich leicht zu verneinen. Ich war erleichtert."

„Eine Frage, gab es keine Blutspuren vor der Kirche oder auf dem Gehweg?"

„Doch, wo der Mann gelegen hatte, war ein Handteller großer Blutfleck. Ich habe ihn dann später entfernt. Aber auf der Straße muss auch Blut gewesen sein. Am nächsten Tag waren dort, wo die Polizisten mit ihren Hunden standen, immer noch kleine Blutspritzer zu sehen."

„Verdammte Schlamperei!"

„Wie bitte?"

„Nichts. Entschuldigung. Erzählen Sie weiter."

„Der junge Mann blieb über Nacht in der Kirche. Am nächsten Tag kam der Arzt wieder und sah nach ihm. Dabei erfuhr ich erst, was genau passiert war. Ich kämpfte mit meinem Gewissen, wollte ihn aber nicht ausliefern, so geschwächt wie er war. Am nächsten Abend brachte ich ihn ins Pfarrhaus, wo ich ihn in einer Kammer unter dem Dach unterbrachte. Seine Genesung machte Fortschritte und wir führten gute Gespräche. Er gestand mir alles, was mir meine Lage nicht einfacher machte. Nun unterlag die Sache auch noch dem Beichtgeheimnis."

„War es denn eine Beichte?"

„Nun ja, ich sah es zumindest damals so, obwohl er es mir einfach in unseren Gesprächen anvertraute. Daher fällt es mir nun auch leichter, mit Ihnen darüber zu sprechen. Ich behielt ihn eine Woche bei mir, bis er wieder halbwegs bei Kräften war. Er hatte in dieser Zeit bereut und sich der Kirche zugewandt. Das erfüllte mich doch mit Freude. Ich rief einen Kollegen an, den ich noch aus dem Priesterseminar kannte und der damals Pfarrer in der *Chiesa Madonna della Corona* war. Er sagte mir zu den jungen Mann aufzunehmen und einer Läuterung zu unterziehen. Also brachte ich ihn dorthin."

„Wo ist das?", fragte Marek, der sichtlich angefressen war.

„Im Etsch Tal. Die Kirche klebt wie ein Adlerhorst am Berg", klärte Ghetti ihn auf.

„Genauer gesagt, die Kirche wurde in etwa achthundert Metern Höhe am Osthang des Monte Baldo errichtet. Ich dachte, es sei der ideale Ort um den Jungen wieder auf den richtigen Weg zu bringen. Es gab nur zwei Fußwege hinauf, oder einen Pendelbus. So war er abgeschieden und konnte sich voll auf Gottes Werk konzentrieren. *Ora et labora et lege, deus adest sine mora.*"

Bei diesen letzten Sätzen bildete sich die erste Zornesader auf Mareks Stirn, aber er versuchte ruhig zu bleiben.

„Und weiter, was geschah dann mit ihm?"

„Er blieb zwei Jahre dort. Dann wurde er als geläutert in die Benediktinerabtei Praglia geschickt, um eine Ausbildung zu erhalten. Das ist das Letzte, was ich von ihm hörte. Jetzt wissen Sie alles."

„Noch nicht ganz. Was hat er Ihnen über den Überfall erzählt?"

„Er hatte mit vier Freunden – er nannte es seine

Gang – den Plan die Bank zu überfallen und sich mit dem Geld nach Südamerika abzusetzen. Sie träumten von einem guten Leben ohne Geldsorgen. Hier fanden sie keine Arbeit. Keiner wollte sie."

„Kann ich mir denken", dachte Marek.

„Zwei gingen hinein und zwei bewachten den Eingang. Das Mädchen blieb im Wagen."

„Das Mädchen?", fragten Marek und Ghetti unisono.

„Ja, den Wagen, den sie für ihre Flucht nehmen wollten, fuhr ein Mädchen."

Marek und Ghetti erhoben sich.

„Vielen Dank, Signor Petrucci. Sie haben uns sehr geholfen. Bleiben Sie nur sitzen, wir finden hinaus."

Als sie sich schon zum Gehen gewandt hatten, blieb Marek plötzlich stehen und drehte sich noch einmal um.

„Eine Frage noch, Signor Petrucci. Ist ihnen bei dem jungen Mann etwas Ungewöhnliches aufgefallen?"

„Wie meinen Sie das?"

„Hatte er zum Beispiel eine auffällige Tätowierung?"

Der alte Mann sah ihn verdutzt an.

„Ja, wo Sie es jetzt erwähnen. Er hatte auf dem rechten Unterarm den Kopf Satans tätowiert und zwischen den Hörnern stand eine Zahl."

Petrucci überlegte kurz.

„Es war die Dreizehn, ja die Dreizehn."

***

„Jetzt sind wir ein ganzes Stück weiter", meinte Marek, als sie auf dem Weg zurück nach Caorle waren. „Fünf junge Leute. Alle mit der gleichen Tätowierung. Wahrscheinlich das Zeichen dieser Gang, wie Petrucci sagte. Wenn wir das Alter unserer drei Ermordeten nehmen und zurückrechnen, waren damals alle so zwischen achtzehn und zwanzig Jahre alt. Die Modetante, diese Rita Sacchi, war mit Sicherheit das Mädchen im Fluchtwagen. So ergibt das Ganze einen Sinn."

„Inwiefern? Ich erkenne jetzt gerade keinen."

„Das ist ein Rachefeldzug, mein Lieber. Fünf junge Leute träumen von Sonne, Strand und Palmen und weil man dafür Geld benötigt, überfallen sie einfach eine Bank. Das geht schief. Einen Teil des Geldes haben sie mitnehmen können. Damit wollen sie in ihrem Fluchtwagen türmen, doch die Fahrerin haut ohne sie ab und lässt sie zurück. Die restlichen Vier liefern sich eine Schießerei mit der Polizei. Drei hauen mit dem Geld ab und lassen ihren verletzten Kumpel zurück. Der schafft es auch noch zu entkommen und wird von Petrucci in Sicherheit gebracht. Er ist verletzt und hat kein Geld, denn das haben ja die Anderen mitgenommen. Der Pfarrer pflegt ihn gesund und schickt ihn zur Läuterung für zwei Jahre in eine Kirche am Arsch der Welt. Danach geht's in ein Kloster. Das ist doch genau das, wovon er nicht geträumt hat. Klostermauern statt Karibikstrand. In all diesen Jahren muss sich eine grenzenlose Wut aufgestaut haben."

„Und du glaubst, er ermordet nach und nach seine Freunde von damals um sich zu rächen? Wie passt denn da Padre Mondolo ins Bild?"

„Ganz einfach, er war einer der Fünf. Und jetzt erzähl mir nicht, dass er Priester war und Priester so etwas nicht tun. Damals war er ja noch keiner. Denk mal an das viele Geld in seinem Bankschließfach. Das könnte der Rest von seinem Anteil gewesen sein. Kurioserweise hat er eine ähnliche Karriere eingeschlagen."

Die nächsten Minuten schwiegen sie und jeder hing seinen Gedanken nach. Plötzlich schlug Marek mit der Faust auf da Armaturenbrett.

„Ich Vollidiot!", brüllte er und Ghetti wäre vor Schreck beinahe in die Leitplanke gefahren.

„Was ist denn?"

„Ich habe vergessen Petrucci nach dem Namen von diesem Kerl zu fragen. Dann wüssten wir jetzt wenigstens nach wem wir suchen", ärgerte er sich.

„Kann doch mal passieren."

„Nein, das darf es nicht. Ich werde wohl alt."

„Wir können ja nachher nochmal bei ihm anrufen", meinte Ghetti versöhnlich, freute sich aber insgeheim, dass seinem sonst so unfehlbar scheinenden Freund auch einmal ein Fehler unterlaufen war.

Marek hatte sich wieder einigermaßen beruhigt.

„Das mach ich gleich als erstes, aber du müsstest unbedingt den Namen des letzten der Gruppe herausfinden, bevor der auch noch umgebracht wird."

„Und wie? Die Kollegen haben die Namen damals schon nicht in Erfahrung bringen können."

„Ich weiß, aber wenn die alle untergetaucht sind, wovon ja auszugehen ist, muss sie ja jemand vermisst haben. Familie, Angehörige, Freunde. Frag doch mal deine Kollegen nach den Vermisstenanzeigen aus diesem Zeitraum. Wir brauchen ja nur die damals achtzehn- bis fünfundzwanzigjährigen."

***

Als Ghetti ihn zu Hause absetzte, ließ sich Marek noch die Telefonnummer des alten Priesters geben. Oben in seiner Wohnung ging er sofort ins Arbeitszimmer und griff nach dem Telefon.

„Entschuldigen Sie, Signor Petrucci, ich habe vorhin vergessen, Sie nach dem Namen des jungen

Mannes zu fragen. Können Sie sich noch daran erinnern wie er hieß?"

„Warten Sie…ja, Enio hieß er."

„Und der Nachname?"

„Das weiß ich nicht. Den hat er nie genannt."

„Schade, trotzdem vielen Dank."

Es wäre ja auch zu schön gewesen. Jetzt mussten sie abwarten, was die Vermisstenliste von damals hergab. Nun rief er Silvana an.

„*Ciao bella…*"

„Wenn du so anfängst, willst du doch bestimmt etwas."

„Das ist nicht fair", tat Marek beleidigt, „ich wollte nur heute Abend mit dir essen gehen. Jetzt sag nur nicht, dass du keine Zeit hast…"

„Sonst…?"

„…sonst erfährst du nicht, was wir heute alles herausgefunden haben."

„Das ist Erpressung, aber zufällig habe ich heute etwas Zeit. Um acht?"

„Um acht. Bis dann."

***

Als Marek um kurz vor acht Uhr die Trattoria betrat, saß Silvana schon an ihrem Lieblingstisch und sah ihn voller Erwartung an.

„Und? Erzähl schon."

„Dir auch einen schönen Abend, mein Schatz. Wie war dein Tag?"

„Jetzt hör schon auf, Roberto. Du weißt doch, dass ich neugierig bin. Ich habe ja schließlich auch meinen Teil zu dem Fall beigetragen."

„Da kommt Rosa, lass uns erst einmal bestellen."

„Und dann kann ich wieder warten, bis du fertig bist mit futtern", maulte Silvana.

Rosangela Ricetto, die Padrona, wie immer in geblümtem Kittel und mit frischer Dauerwelle, erschien am Tisch und nahm die Bestellung auf.

Als Vorspeise wählten sie einen *insalata di mare*, danach *triglie al cartoccio* und zum Dessert eine *zuccotto*. Dazu einen Soave.

Während des Essens kam die Unterhaltung nur schwer in Gang, da Marek zu sehr mit dem Genuss des köstlichen Essens beschäftigt war und Silvana wurde immer ungeduldiger. Schließlich sah er ein, dass er sie nicht länger hinhalten konnte, da sie kurz vor einer Explosion stand und so berichtete er ausführlich, was sie mittlerweile alles in Erfahrung gebracht hatten.

„In diesem Kloster nachzufragen, wer Enio ist und was er nun macht, hat wohl keinen Wert", meinte Marek, als sie bei Caffè und Grappa saßen, „die werden genauso wenig sagen, wie die in dem anderen

Kloster, in dem Padre Mondolo war. Seltsam nur, dass zwei dieser Gangster eine kirchliche Karriere eingeschlagen haben."

„Das kannst du so nicht sagen. Mondolo ist Priester geworden, ja, aber was dieser Enio gemacht hat, ob er überhaupt in dem Kloster geblieben ist, wissen wir nicht. Er kann ja auch einfach abgehauen sein."

„Meine ich doch, bis ins Kloster war es die gleiche Laufbahn", beharrte er. „Wir müssen halt warten, was die Vermisstenliste hergibt."

„Du möchtest wahrscheinlich, dass ich davon noch nichts schreibe, oder?"

„Darum würde ich dich bitten, sonst verscheuchen wir ihn, wenn alles publik wird. Er soll sich noch in Sicherheit wiegen."

„Ich muss zwar morgen früh weg, aber bleibst du trotzdem heute Nacht bei mir?"

„Nichts lieber als das."

11

Als Marek aufwachte, war das Bett neben ihm leer. Verschlafen rieb er sich die Augen und sah auf die Uhr.

„Mist, schon gleich zehn", brummte er, stand auf und schlurfte in die Küche.

Auf dem Tisch stand ein Teller mit frischen *Cornetti* und die neue Ausgabe des *Gazzettino*. Davor lag ein Zettel. *Ti amo* stand dort zwischen zwei aufgemalten Herzen geschrieben. Auch die Caffettiera war schon befüllt. Er musste nur noch den Herd anstellen. All dies zauberte Marek ein liebevolles Grinsen ins verschlafene Gesicht.

Er stopfte sich ein Hörnchen in den Mund und wartete darauf, dass der Caffè durchlief. Als das Blubbern der Caffettiera anzeigte, dass es soweit war, schenkte er sich eine Tasse ein, rührte einen Löffel Zucker hinein und steckte sich eine Zigarette an. Eine innere Unruhe hatte ihn plötzlich gepackt. Ein untrügliches Zeichen, dass der Fall in seine entscheidende Phase kam. Er holte sein Handy aus dem Schlafzimmer und rief Ghetti an.

„*Buon giorno Michele*. Gibt's was Neues? Ist die Vermisstenliste schon da?"

„Nein, noch nicht, aber es gibt trotzdem Neuigkeiten. Die Kollegen aus Belluno haben mich angerufen. Vor achtundzwanzig Jahren gab es dort tatsächlich eine Bande, die sich *il diavolo* nannte. Sie fielen hauptsächlich durch kleinere Diebstähle, und Ruhestörung auf. Später gab es dann noch ein paar geknackte Autos dazu, bei denen Radios geklaut wurden. Das wurde ihnen auch zugeschrieben, nachweisen konnte man ihnen das aber nicht. Da sie noch dem Jugendstrafrecht unterlagen und aus gut bürgerlichen Familien stammten, hatte man sie immer wieder auf freien Fuß gesetzt."

„Dann haben wir ja die Namen."

„Nein, eben nicht. Da es ja immer nur Bagatelldelikte waren, die mit Bewährung oder einer Ermahnung geahndet wurden, hat man die Akten irgendwo in die hinterste Ecke des Archivs gepackt und nun sind sie nicht mehr aufzufinden. Um überhaupt an diese Information zu kommen, haben die Kollegen in Belluno einen pensionierten Polizisten befragt, der sich noch daran erinnern konnte."

„So ein verdammter Mist!", tobte Marek. „Jedes Mal wenn du denkst du bist weiter, kommt so etwas. Wie viele von den kleinen Teufeln waren es denn überhaupt?"

„Das wusste auch niemand."

„Also müssen wir weiter auf diese Liste warten. Hoffentlich gibt diese Unterlagen wenigstens noch, sonst sind wir in den Arsch gekniffen."

„Hoffentlich. Heute Mittag ist übrigens die Beisetzung von Padre Mondolo mit einem großen Aufgebot der Presse und des Fernsehens. Kardinal Moretti aus Venedig kommt ja auch. Wir müssen ein paar Kollegen abstellen."

„Na, da gehen wir doch auch hin. Vielleicht zeigt sich unser Mann. Wir sehen uns dann dort. *Ciao*."

***

Es war etwa zwölf Uhr fünfundvierzig, als Marek den neuen Friedhof am Nordende der Stadt erreichte. Alle Parkplätze waren belegt und vor dem Tor ein großer Menschenauflauf. Er fragte sich schon, ob er bei der richtigen Veranstaltung sei. Es sah eher aus wie vor einem Rockkonzert oder einer Sportveranstaltung. Zwei Übertragungswagen des regionalen Fernsehens standen in einer, von der Polizei abgesperrten Zone seitlich des Eingangs, direkt neben der Limousine mit der Standarte des Bischofs von Venedig. Am Straßenrand gab es Buden, die Essen und Getränke anboten.

„Wie auf der Kirmes", dachte Marek und stellte seinen Lada einige hundert Meter weiter, im gegenüberliegenden Gewerbegebiet ab.

Ghetti erwartete ihn bereits, als er ein paar Minuten später wieder den Friedhof erreichte.

„Was ist denn hier los? Ganz Caorle scheint ja auf den Beinen zu sein."

„Der Padre war halt sehr beliebt bei den Gläubigen. Und außerdem kommt der Patriarch ja nicht alle Tage nach Caorle."

„Dann lass uns mal ein bisschen umsehen."

Die Trauerhalle war zwar bis auf den letzten Platz gefüllt, aber als Polizist kam Ghetti ungehindert hinein und zog Marek mit. Kardinal Moretti hielt gerade die Traueransprache. Sie quetschten sich an der Wand entlang weiter nach vorne.

„Der links neben dem Kardinal, das ist Monsignore Forsacco, der Freund von Padre Mondolo", flüsterte Ghetti.

„Psst, leise."

Einige der Anwesenden sahen den Maresciallo missbilligend an.

„Komm, wir gehen raus", raunte Marek leise und trat den Rückzug an.

„Psst. Unverschämtheit."

Eine ältere Frau drehte sich wütend um.

„Wir sind schon weg. Passen Sie auf, dass Sie nichts verpassen."

Endlich wieder im Freien holten beide tief Luft.

„Diese Leute gehen mir dermaßen auf den Sack", schimpfte Marek. „Suchen wir uns ein Plätzchen, wo wir alles beobachten können."

Eine Stunde später war alles vorbei. Nur der Kardinal hatte noch seinen Auftritt vor den Fernsehkameras. Neue Erkenntnisse konnten sie aber nicht gewinnen. Ghetti fuhr zurück in die Caserma und Marek nach Hause. Im Roma legte er einen Zwischenstopp ein und bestellte sich einen Cappuccino. Er hatte sich gerade eine Zigarette angesteckt und sich entspannt zurückgelehnt, als Ghetti anrief.

„Bist du schon zu Hause?"

„Nein, ich sitze im Roma, warum?"

„Warte auf mich. Ich komme gleich vorbei."

„Was ist denn jetzt los?", dachte Marek und sah auf sein Telefon.

Fünf Minuten später hielt Ghettis Dienstwagen mit quietschenden Reifen auf der Piazza.

„Was war das denn für ein Auftritt?"

„Ich habe Neuigkeiten und die wollte ich dir gleich mitteilen."

„Und das ging nicht am Telefon?"

„Nein, das musst du sehen. Aber zuerst etwas anderes. Als ich zurück ins Büro kam, hatte ich einen Anruf von den Kollegen in San Donà di Piave. Angler habe dort in der Nähe einer Brücke den Kerzenleuchter aus dem Fluss geholt. Das Wasser ist durch die Trockenheit im Moment nur knapp einen Meter tief und der Leuchter hat in der Sonne gefunkelt. Als die Kollegen die Stelle genauer absuchten, fanden sie auch den Aschenbecher, mit dem Mori erschlagen wurde."

„Das bedeutet entweder, er hat den Kerzenständer bei dem Mord an Mori noch im Auto gehabt und beides dann zusammen entsorgt, oder, und das glaube ich eher, die Brücke liegt auf seiner Fluchtroute und er hat die beiden Teile hier sicher entsorgen wollen. Das bedeutet, er kommt aus San Donà, oder eher noch westlich davon."

„Das hilft uns im Moment auch nicht viel weiter."

„Nein, da hast du recht. Was hast du sonst noch?"

„Die Vermisstenliste, die solltest du dir ansehen."

Marek öffnete den Schnellhefter, den Ghetti ihm rübergeschoben hatte. Ein breites Grinsen zog sich langsam über sein Gesicht.

„Sechs Namen. Einen kannst du vergessen. Die Frau war zu alt. Die anderen sind garantiert unsere fünf Teufelchen. Salvatore Mondolo, der Pfarrer, ist tot. Gianfranco Mori, der Möbelhändler, ist tot. Rita Sacchi, die Modetante, ist tot. Bleiben noch Vittorio Morone und Enio Forsato. Der letzte ist unser Mann. Jetzt wissen wir endlich seinen Namen. Hast du schon die Fahndung raus?"

„Großfahndung läuft."

„Jetzt müssen wir schnellstens diesen Vittorio Morone finden, bevor der auch noch umgebracht wird."

„Die Kollegen suchen ihn schon in der ganzen Provinz."

Ghetti betrachtete die Fotos, die der Akte beigelegt waren.

„Auf den Bildern sehen die alle noch so jung aus."

„Wir waren alle einmal jünger, Michele. Du hast aber recht. Die drei Ermordeten hätte ich anhand der Fotos nicht wiedererkannt. Wenn wir wüssten, wie sie heute aussehen, wäre das alles etwas einfacher."

Marek überlegte einen Moment, dann beugte er sich nach vorne.

„Du hast doch einen Kumpel in Portogruaro, der sich mit Computern auskennt. Der uns letztes Jahr mit den Fotos geholfen hat. Der arbeitet doch in der Forensik, oder?"

„Ja, stimmt. Warum?"

„Die haben bestimmt ein Programm zur Gesichtserkennung. Wenn der diese Fotos hier einscannt, kann er mit so einem Computerprogramm das heutige Aussehen unserer fünf Freunde rekonstruieren. Kannst du das veranlassen?"

„Mache ich sofort. Denk an Mambrettis Feier."

„Ja, mach ich. Keine Sorge."

Als Ghetti gegangen war, lehnte sich Marek gedankenverloren zurück. Eines dieser Fotos erinnerte ihn an jemanden, aber er konnte nicht sagen an wen. Vielleicht hatte er diesen Jemand mal getroffen, oder sonst wo gesehen. So sehr er sich auch anstrengte, das Bild blieb im Nebel. Sie mussten sich wohl oder übel in Geduld üben und warten, was die Gesichtserkennung ergab. Da fiel ihm plötzlich noch etwas ein. Er zog sein Handy aus der Tasche und rief Silvana in der Redaktion an.

„…und was versprichst du dir davon? Wieso sollen wir den einen Namen veröffentlichen und den Namen des Täters nicht? Das leuchtet mir nicht ein."

„Dieser Vittorio Morone ist das potenziell letzte Opfer. Falls er Zeitung liest, meldet er sich vielleicht bei der Polizei, oder er ist zumindest vorsichtiger. Außerdem könnte die Tatsache, dass die Polizei diesen Morone sucht, unseren Täter zu einem Fehler oder einer Kurzschlussreaktion zwingen. Deshalb."

„Na gut, wird meinem Redakteur aber nicht besonders gefallen."

„Du bist ein Schatz!"

12

Vittorio Morone fuhr wieder einmal mit seinem klapprigen Motorroller durch die umliegenden Dörfer auf der Suche nach etwas Essbaren, oder noch besser, etwas Trinkbaren. Auch Gegenstände des täglichen Gebrauchs, die von ihren Besitzern entsorgt wurden, nahm er mit und versuchte sie auf Märkten zu Geld zu machen. Andere Einnahmenquellen hatte er nicht – nicht mehr. Es gab auch einmal bessere Zeiten. Damals hatte er Geld und führte ein Leben im Überfluss. Mädchen, Glücksspiel und Alkohol. Ob in Venedig oder in Baden-Baden, in allen Casinos war er ein gerngesehener Gast. Er gewann viel und verlor noch mehr. Dann borgte er sich Geld, immer mehr, bis er es nicht mehr zurückzahlen konnte und zwielichtige Geldeintreiber hinter ihm her waren. Irgendwann konnte er nicht mehr fliehen. Er war mittellos und so tauchte er unter und führte seither das Leben eines Einsiedlers. Sein einziger Freund war der Alkohol, sofern er denn welchen bekam.

Morone setzte sich auf eine Bank. Aus dem Tabak von Zigarettenkippen, die er auf der Straße aufgesammelt hatte, drehte er sich eine. Aus einem Papierkorb lugte eine Zeitung hervor, die noch neu aussah. Er zog sie heraus und blätterte sie gelangweilt durch. Er war gerade hinten im Regionalteil angekommen, als er plötzlich erschrak.

Wer kennt Vittorio Morone?

stand dort in einer fetten Überschrift zu lesen. Hastig überflog er den Artikel. Die Polizei müsste dringend mit ihm sprechen, da er in Gefahr sei. Sachdienliche Hinweise sollten an die Carabinieri oder die Polizia di Stato in Belluno, oder die Carabinieri in Caorle gerichtet werden.

„Das ist ein billiger Trick", dachte er, „die wollen mich jetzt bestimmt noch wegen der alten Geschichte drankriegen. Nicht mit mir."

Er ließ die Zeitung liegen, schwang sich auf seinen alten Roller und fuhr, so schnell es dieses schrottreife Gefährt eben zuließ, nach Süden in die Wälder.

***

Mambrettis Feier war schon in vollem Gange, als Marek eintraf. Ghetti eilte ihm entgegen und brachte ihn zu seinem Chef.

„Ah, Commissario. Schön, dass Sie es einrichten konnten."

„Herzlichen Glückwunsch zur Beförderung."

Marek überreichte Mambretti eine Flasche Grappa. Den besten, den er hier in der Gegend auftreiben konnte.

„Vielen Dank, Commissario. Das wäre nicht nötig gewesen, aber ich sehe, Sie kennen sich aus."

Signorina Rigato, Mambrettis Sekretärin, eilte mit einem Tablett herbei.

„Greifen Sie zu, Signor Marek."

Marek nahm sich ein Glas Wein.

„Danke Signorina Rigato."

Ein leichtes Lächeln zeigte sich kurz auf ihrem Gesicht, dann setzte sie wieder ihren üblichen ernsten Ausdruck auf und verschwand in der Menge.

„Sagen Sie Marek, wie weit sind Sie nun mit dieser Geschichte vorangekommen? Ich hatte heute noch keine Gelegenheit mit Ghetti zu sprechen."

„Wir wissen nun definitiv, dass die Morde an Padre Mondolo und an Mori hier in Caorle, als auch der Mord an dieser Rita Sacchi in Feltre mit diesem alten Bankraub in Belluno zusammenhängen."

„Aber das ist doch über zwanzig Jahre her."

„Sechsundzwanzig um genau zu sein. Es gibt sehr starke Indizien, dass die drei Opfer zu den fünf Bankräubern von damals gehörten. Rita Sacchi hatte wohl den Fluchtwagen gefahren, ist aber abgehauen als die Polizei eintraf und hat ihre Komplizen zurückgelassen. Einer der Täter wurde verletzt, die drei anderen sind mit der Beute geflohen und ließen ihn einfach zurück. Er konnte zwar auch fliehen, erschoss aber dabei einen Polizisten. Ein Pfarrer fand ihn und versteckte ihn vor der Polizei. Das ist unser Mann. Er ist auf einem späten Rachefeldzug."

„Das ist ja ungeheuerlich. Wissen wir, wer er ist?"

„Ja, Ghetti hat die Namen der fünf Bankräuber herausbekommen und er hat Fotos von damals. Da der Pfarrer uns den Vornamen nennen konnte, wissen wir, wer das potenziell letzte Opfer und wer der Täter ist."

„Ich nehme an, die Fahndung läuft."

„Ja, aber nicht öffentlich. Da wir nicht wissen wie die beiden heute aussehen, lassen wir gerade eine Gesichtserkennung machen. Ghetti hat einen Bekannten, der in der forensischen Abteilung in Portogruaro arbeitet. Der kann mit einem Computerprogramm das heutige Aussehen der beiden Gesuchten rekonstruieren."

„Sie beide erstaunen mich immer wieder", schmunzelte Mambretti.

„Ich hoffe, Sie haben nichts dagegen, dass bei einem Zugriff der Vice Questore von Belluno dabei ist. Erstens hat er noch etwas gut zu machen, obwohl es sein Vorgänger war, der damals schlampig ermittelt hatte und zweitens hat er uns die Akte zur Verfügung gestellt, ohne die wir nicht so weit gekommen wären."

Mambretti hob abwehrend die Hände.

„Nein, nein, natürlich habe ich nichts dagegen."

„Danke, dann auf Ihr Wohl. *Salute.*"

„*Salute.* Ach, Marek, Sie sollten unbedingt die Sandwichs probieren, die Signorina Rigato besorgt hat. Die sind köstlich. Das Buffet steht dort drüben."

Mambretti hatte nicht übertrieben. Es gab Panini, die mit Rucola, Mozzarella und Sardellen belegt waren. Kleine Ciabatta Scheiben mit *Prosciutto di Parma*, Trüffelsalami oder *Provolone*. Auch kleine *Tramezzini* mit Thunfisch, Ei und Tomate, oder *Prosciutto cotto* und Käse.

Marek legte sich von allem etwas auf einen Teller und ließ es sich schmecken. Plötzlich erschien Ghetti.

„Ich habe gerade eine Nachricht von den Kollegen in Feltre bekommen. Sie sagen, dass jemand diesen Vittorio Morone schon öfter gesehen haben will. Er soll angeblich als Einsiedler dort irgendwo in den Wäldern hausen."

„Und woher will dieser Jemand wissen, dass es Morone ist? Woher kennt er den Namen?"

„Angeblich hätte er einmal mit ihm gesprochen. Unser Mann würde in den umliegenden Gemeinden immer nach Essen suchen und er hätte ihm schon öfter etwas gegeben. Er hat nämlich ein Obst- und Gemüsegeschäft."

„Gut, dann sollen deine Kollegen dort schon einmal herausfiltern, wo er sich verkrochen haben könnte. Das Gleiche sollen die in Belluno machen. Wenn wir die Fotos haben, können wir in dem Gebiet gezielt suchen."

„Das wird nicht einfach. Das Gebiet ist stark bewaldet und es gibt viele kleine Täler."

„Einfach wäre ja auch langweilig", grinste Marek und schob sich den Rest eines Sandwichs in den Mund. „Notfalls müssen wir halt einen Helikopter und Hundestaffeln anfordern."

In diesem Moment klingelte Ghettis Handy.

„*Pronto.*"

Es entstand eine kurze Pause, in der Ghetti immer aufgeregter wurde.

„Danke, du bist der Größte. Ich gehe gleich nachsehen."

„Was ist?"

„Die Fotos sind fertig. Er hat sie mir auf meinen Rechner geschickt."

„Druck sie schon mal aus. Ich verabschiede mich noch von deinem Chef und komme dann zu dir rüber."

Während Ghetti in sein Büro eilte, suchte Marek nach Mambretti.

„Es tut mir leid Maggiore…"

„Noch nicht Commissario, erst ab übernächste Woche. Noch bin ich Capitano."

„…wegen der paar Tage. Wir müssen los. Ihre Kollegen in Feltre konnten die Region identifizieren, in der sich das potenzielle Opfer wahrscheinlich aufhält. Sie haben doch nichts dagegen, das Ghetti mitfährt, oder?"

„Nein, natürlich nicht. Viel Glück Commissario."

***

„Das hier sind unsere drei Opfer. Die Ähnlichkeit ist verblüffend."

„Dein Kumpel ist ein Genie."

„Das hier ist dieser Vittorio Morone. Das Foto hab ich schon zur Fahndung gegeben. Jetzt wird gerade das Bild von unserm Täter gedruckt."

Marek und Ghetti starrten gebannt auf den Drucker, auf dem gerade das letzte Foto, das Bild von Enio Forsato ausgedruckt wurde. Das Foto, das dem Mörder eines Polizisten und drei seiner Komplizen ein Gesicht geben würde. Als der Drucker endlich das Bild ausgespuckt hatte, starrten beide mit offenem Mund darauf.

„Ich Idiot!", brüllte Marek und knallte sich die flache Hand auf die Stirn. „Das kann doch nicht wahr sein. Daher kam mir das Jugendfoto von dem so bekannt vor. Gib das auch sofort zur Fahndung und dann los."

„Wohin?"

„Nach Feltre. Mach schon!"

„Ich muss doch zuerst…"

„…alles schon geregelt. Beeil dich!"

Ghetti gab die Großfahndung in Auftrag, dann rannte er seinem Freund hinterher, der schon ungeduldig neben dem Alfa wartete.

„So, jetzt Blaulicht, Sirene und Vollgas!"

Mit Höchstgeschwindigkeit jagte der blaue Alfa die Landstraße entlang in Richtung Autostrada.

„Ihr habt doch auch Hubschrauber, wo sind die nächsten stationiert?"

„In Treviso."

„Dann soll Mambretti sofort einen anfordern. Die sollen die Region zwischen Feltre und Belluno beobachten."

„Und was genau?"

„Die sollen nach einem schwarzen Mercedes Ausschau halten. Sobald einer auftaucht muss er sofort überprüft werden. Die Fahndungsfotos sind ja bekannt."

Ghetti gab die Anweisung über Funk weiter und erhielt kurz darauf die Bestätigung, dass der Helikopter starbereit ist.

„Wir brauchen noch das Kennzeichen. Lass mal

überprüfen, ob eventuell so eine Karre auf den Kerl zugelassen ist."

Die Bestätigung ließ nicht lange auf sich warten. Ein schwarzer Mercedes S320 war auf die gesuchte Person angemeldet. Ghetti gab das Kennzeichen an die Helikopterbesatzung weiter.

Plötzlich erreichte sie ein Anruf aus der Caserma in Belluno.

„Maresciallo Ghetti?"

„Ja, was gibt es? Wir sind gerade auf dem Weg nach Feltre."

„Wir haben Zeugen, die den gesuchten Vittorio Morone schon mehrfach in der Gegend um Mel gesehen haben. Er besorgt sich dort etwas zu Essen. Er hat einen uralten schwarzen Motorroller, mit dem er dann immer in südlicher Richtung verschwindet."

„Danke Kollege. Wir haben einen Heli aus Treviso in der Luft. Geben Sie bitte die Koordinaten an ihn weiter. Wir sind in einer halben Stunde dort."

„Verstanden. Wir haben auch ein paar Einsatzwagen dorthin geschickt."

„Sehr gut, danke. *Fine*."

„Was ist Mel?", wollte Marek wissen.

„Mel ist ein kleines Städtchen am Piave, direkt zwischen Belluno und Feltre. Südlich davon gibt es noch eine Reihe kleiner Dörfer und dann wird es unübersichtlich. Viel Wald und Hügel."

„Hast du eine Karte hier im Wagen?"

„Ja, vorne in der Ablage."

Marek faltete die Karte auseinander und studierte sie eingehend, während eine neue Meldung aus Belluno eintraf.

„Ein weiterer Zeuge hat sich gemeldet. Er behauptet Morone würde in einem alten Gemäuer südöstlich von Mel hausen."

„Deine Kollegen aus Belluno sollen den Bereich um Zottier und Borghetto absuchen."

„Haben mitgehört. Wird erledigt. *Fine*."

„Sag Feltre Bescheid. Sie sollen den Bereich um Tremea, Marcoi und Carve abarbeiten."

Ghetti gab die Order über Funk weiter, während sie die Ausfahrt Belluno erreichten. Glücklicherweise gab es an der Mautstelle keinen Rückstau, sodass sie ungehindert passieren konnten.

„So, und was machen wir?"

„Wir nehmen uns den Bereich dazwischen vor. Wir suchen südlich von Pellegai."

Sie überquerten gerade den Piave, als der Helikopter sich meldete.

„Schwarze Limousine gesichtet. Kam aus westlicher Richtung, fährt auf der SP1 und hat jetzt Mel passiert. Wir versuchen das Kennzeichen zu erkennen."

„Gut, wir kommen aus der anderen Richtung und sind auch auf der SP1. Wir passieren gerade Limana. Dran bleiben."

„Jetzt bin ich gespannt, wohin er abbiegt."

„Falls er es ist", war Ghetti noch skeptisch.

„Der ist es. Der muss es sein. Hast du die Nummer vom Vice Questore in Belluno?"

„Ja, auf meinem Handy."

„Dann gib mal her. Ich sage ihm Bescheid. Er soll dabei sein. Ist mit deinem Chef abgesprochen."

„…danke Commissario. Wir sind gleich unterwegs."

„Wir geben Ihnen Bescheid, wo möglicherweise ein Zugriff erfolgen könnte."

Der Helikopter meldete, dass die schwarze Limousine das gesuchte Fahrzeug war.

„Wo ist er jetzt?"

„Er ist bei Marcador abgebogen und fährt nun entweder nach Marcoi oder Dai Lot."

„Verstanden. Jetzt bitte regelmäßig melden."

„Gib Gas Michele. Der hat noch einen großen Vorsprung. Wenn er einmal in den Wäldern ist, könnten wir ihn verlieren."

Ghetti trat das Gaspedal bis zum Anschlag durch. Kleine Gehöfte und Ansiedlungen rauschten an ihnen vorbei.

„Er fährt nach Pellegai", meldete der Helikopter. „Wenn er dort durch ist, wird es für uns schwierig. Viel Wald."

„Wir verlassen jetzt auch die SP1 und fahren in diese Richtung. Wir sind etwa fünf Minuten hinter ihm."

Marek rief den Vice Questore an und gab die neue Position durch, während Ghetti die anderen Einsatzkräfte in diesen Bereich beorderte.

„Er ist jetzt in Pellegei durch und an der Gabelung rechts abgebogen. Die Straße endet oben im Wald."

Zwei Minuten später passierten Ghetti und Marek diese Stelle. Nach ein paar hundert Metern wurde die Straße kurvig und mäanderte sich in den Wald.

„Verdammt, hoffentlich verlieren wir ihn hier nicht."

„Da ist er!", schrie Ghetti plötzlich.

Für einen Moment konnten sie über eine kleine Lichtung auf die nächste Kurve sehen und dort fuhr der schwarze Wagen.

„Mach die Sirene und das Blaulicht aus."

„Ghetti an alle. Wir hatten Sichtkontakt und sind etwa eine Minute hinter ihm."

Der junge Maresciallo jagte den Wagen mit quietschenden Reifen über die kurvenreiche Straße.

„Er ist in einen Feldweg abgebogen", meldete da der Helikopter, „wir haben im Moment keinen Sichtkontakt mehr."

„Scheiße!", fluchte Marek. „Hier gibt es anscheinend mehrere kleine Gebäude. Wo kann er sein?"

„Wir sehen euch. Ihr seid zu weit gefahren. Ihr müsst etwa zweihundert Meter zurück und dann links", meldete der Hubschrauber. „Wir haben ihn wieder. Er fährt zu einem alleinstehenden Gebäude."

„Könnt ihr da runter?", fragte Marek.

„Negativ. Die nächste Landemöglichkeit ist zu weit weg. Da wären wir zehn Minuten zu Fuß unterwegs. Wir lotsen jetzt die anderen Einheiten hierher. Ihr seid jetzt genau hinter ihm."

Ghetti hatte zwischenzeitlich gewendet und war ebenfalls in den Feldweg abgebogen.

„Halt mal an", sagte Marek plötzlich.

Von dem geschotterten Feldweg ging hier ein schmaler, mit Gras bewachsener Pfad ab und verlor sich weiter hinten im Wald.

„Das Gras ist hier platt gedrückt, als ob gerade ein schweres Fahrzeug hier langgefahren wäre. Der ist bestimmt hier rein."

„Da ist er."

Am Ende des Waldes, am Rand einer kleinen Lichtung, stand ein altes, eingeschossiges Gebäude und davor ein schwarzer Mercedes. Vom Fahrer allerdings keine Spur.

„Beeilung, der ist schon drin. Wir können nicht warten", rief Marek und stürmte voran. Ghetti rannte mit gezogener Waffe hinter ihm her.

***

„Wer sind Sie?", fragte Vittorio Morone den Mann, der plötzlich, wie aus dem Nichts, in seiner Behausung aufgetaucht war.

„Vittorio, erkennst du einen alten Freund nicht wieder? Dank mal nach."

Morone zog die Stirn kraus und betrachtete seinen Besucher eingehend.

„Ihre Stimme kommt mir irgendwie bekannt vor, aber…"

Dann kam auf einmal der Moment des Erkennens.

„Du? Bist du das wirklich? Ich dachte du wärst krepiert damals. Oder die Bullen hätten dich hops genommen."

„So kann man sich irren. Ihr habt mich einfach im Stich gelassen. Wäre Rita nicht abgehauen, wären wir alle davongekommen. Sie hat schon gebüßt. Auch Salvatore und Gianfranco, die mit dir und dem Geld einfach verschwunden sind. Du bist der Letzte."

Der Mann zog ein großes, zweischneidiges Schwert hinter seinem Rücken hervor und zeigte mit

157

der Spitze auf Morone.

„Denn ich bin Gabriel, der Bote Gottes, der sein Wort auf Erden verkündet und der mit seinem Schwert die Rache des Herrn vollstreckt. Herr, Gott, des die Rache ist, Gott, des die Rache ist, erscheine!"

Das Gesicht des Mannes hatte einen irren Ausdruck angenommen.

„Ich kann doch nichts dafür", jammerte Morone.

„Die Rache ist mein; ich will vergelten, spricht der Herr", das steht schon in der Bibel.

Der Mann hob das Schwert…

„In der Bibel steht auch viel Blödsinn", rief eine Stimme aus dem Hintergrund. „Legen Sie sofort das Ding hin und nehmen Sie die Hände hoch."

Marek und Ghetti waren unbemerkt ins Haus gekommen und haben das seltsame Szenario mit ansehen können.

„Es ist vorbei Forsato oder soll ich besser Forsacco sagen?"

„Monsignore, bitte. So viel Zeit muss sein", sagte der Mann und wollte mit einer schnellen Drehung Morone das Schwert in den Körper rammen.

Die Kugel aus Mareks 44er Smith and Wesson traf ihn in die linke Schulter und schleuderte ihn gegen die Wand, wo er zusammenbrach. Das Schwert hielt er immer noch krampfhaft umklammert.

„Enio Forsato, ich verhafte Sie wegen vierfachen Mordes. Ihre Rechte werden Ihnen später vorgelesen."

Ghetti nahm ihm das Schwert aus der Hand. Dann wandte er sich Morone zu.

„Vittorio Morone, Ihre Strafen für Bankraub und Beihilfe zum Mord sind leider verjährt. Sie haben sich aber als Zeuge der Anklage zur Verfügung zu halten."

„Leg dem Schwein dahinten Handschellen an", brummte Marek und wies mit dem Kopf in Richtung Forsato.

„Der ist doch schwer verletzt."

„Na und? Kann gar nicht schwer genug sein."

Draußen vor dem Haus war es lauter geworden. Zuerst kam der Vice Questore herein, gefolgt von seinem Sergente und zwei Carabinieri.

„Ah, Vice Questore. Da liegt das Schwein, das damals Ihren Kollegen erschossen hat. Er gehört Ihnen. Wenn die Ärzte ihn wieder zusammengeflickt haben, ist er in zwei Wochen wieder wie neu."

„Sie müssen Commissario Marek sein. Ich habe schon einiges von Ihnen gehört. Und Sie sind Maresciallo Ghetti. Vielen Dank, meine Herren. Uns fällt ein Stein vom Herzen, dass wir diese Geschichte dank Ihrer Hilfe doch noch abschließen können und der Mord an unserem Kollegen gesühnt wird."

„Sehen Sie hier Vice Questore", hörten Sie aus dem Hintergrund den Sergente rufen. „Das ist ein Priester."

Der Polizeichef von Belluno eilte hinüber.

„Um Himmelswillen, wer ist das Commissario?"

„Das ist Monsignore Enrico Forsacco, der Sekretär des Patriarchen von Venedig, oder Enio Forsato, wie er eigentlich mit bürgerlichem Namen heißt."

„Er hat also damals die Bank überfallen und dabei den Kollegen erschossen?"

„Er und vier Komplizen. Drei hat er schon umgebracht um sich zu rächen. Das Häufchen Elend hier sollte der letzte sein."

„Das gibt einen Skandal", jammerte der Vice Questore.

„Ja, für die Kirche, nicht für Sie."

„Und wer ist das hier?", fragte der Sergente und zeigte auf Morone, der auf dem Boden hockte und teilnahmslos vor sich hin stierte.

„Das ist Vittorio Morone, der fünfte Bankräuber von damals. Verurteilt werden kann er ja leider nicht mehr, aber als Zeugen können Sie ihn noch gebrauchen."

***

Marek trat seine Zigarette aus und rief Silvana an.

„Es ist vorbei. Wir haben ihn."

„Wer ist es?"

„Wird dir nicht gefallen. Komm gleich nach Belluno in die Questura. Wir treffen uns dort. Dann erfährst du alles."

„Sag mir wenigstens den Namen. Kenne ich ihn?"

„Ich fürchte schon. Es ist Monsignore Forsacco."

„Du nimmst mich auf den Arm. Jetzt mal im Ernst, wer ist es wirklich?"

„Das ist mein Ernst. Monsignore Forsacco ist Enio Forsato. Er hat damals mit den vier andern Komplizen die Bank überfallen und er war es, der den Polizisten erschossen hat."

„Du lieber Gott!", rief Silvana entsetzt. „Bin schon unterwegs."

***

„Ich hätte noch früher darauf kommen können", ärgerte sich Marek, als sie wieder auf dem Rückweg nach Belluno waren.

„Wieso denn?"

„Alleine schon die Ähnlichkeit der Namen. Enrico statt Enio und Forsacco statt Forsato. Das hätte ich sehen müssen. Und dann noch die Sache mit dem Hut. Ich hatte am Abend noch mit Silvana gerätselt, wer wohl bei dieser Hitze einen dunklen Hut trägt und aus Spaß gesagt *Don Camillo*. Spätestens da hätte ich diese Option im Hinterkopf haben müssen, dass es ein Priester mit einem Saturno gewesen sein könnte. Ich werde wirklich zu alt für diesen Scheiß."

„Quatsch! Du hast es doch wieder geschafft. Einen vierfachen Mörder gefasst und einen sechsundzwanzig Jahre alten Bankraub aufgeklärt."

Marek hätte es nie zugegeben, aber es tat ihm gut, so etwas zu hören.

***

Marek saß am Küchentisch, trank Caffè und rauchte. Vor ihm lag die neue Ausgabe des *Gazzettino*. Silvanas Artikel hatte es auf die Titelseite geschafft.

In einer konzertierten Aktion von Polizia di Stato und den Carabinieri aus Caorle, Belluno und Feltre, konnte gestern am späten Nachmittag ein mehrfacher Mörder gefasst werden. Wie wir in Erfahrung bringen konnten, handelt es sich dabei um…

Über diesem Artikel prangte ein Foto mit den Vertretern aller beteiligten Polizeiorganisationen und mit einem strahlenden Vice Questore in der Mitte.

Epilog

Zwei Wochen waren vergangen und die mediale Aufregung hatte sich gelegt. Die Kirche verteidigte ihr Verhalten und das Kirchenasyl als solches. Der Kardinal war zu keiner Stellungnahme bereit. Durch einen Sprecher ließ er nur sein Bedauern ausrichten, einen Mörder in den Mauern Gottes beherbergt zu haben, der sie in böser Absicht getäuscht hatte.

Enio Forsato war wieder einigermaßen hergestellt. Zumindest soweit, dass die Verhöre beginnen konnten. In der Mitte des kleinen Raums in der Questura von Belluno stand ein Tisch unter einer Neonröhre. Sie war die einzige Lichtquelle. An diesem Tisch saß Enio Forsato mit gesenktem Kopf und dem linken Arm in einer Schlinge.

„Signor Forsato, Sie wurden über Ihre Rechte belehrt", begann der Vice Questore. „Das nun folgende Verhör wird aufgezeichnet. Die erste Befragung wird durchgeführt von Commissario Marek und Maresciallo Ghetti aus Caorle."

Ghetti saß Forsato am Tisch genau gegenüber, während Marek etwas abseits im Halbdunkel des Raums platzgenommen hatte.

„Signor Forsato, wir möchten gerne etwas über

die Hintergründe der Morde an Salvatore Mondolo und Gianfranco Mori erfahren."

Forsato hob langsam den Kopf und blickte von Ghetti hinüber ins Halbdunkel zu Marek.

„Wegen dem werde ich meinen Arm nie wieder richtig bewegen können."

Marek beugte sich vor.

„Die Vier, die du umgebracht hast, können überhaupt nichts mehr bewegen, da bist du noch gut dran."

„Warum haben Sie die beiden umgebracht?", übernahm Ghetti wieder.

„Sie mussten büßen."

„Wofür sollten sie büßen?"

„Weil sie mich im Stich gelassen haben, genau wie diese Schlampe Rita und die Ratte Vittorio."

„Meinen Sie den Banküberfall?"

„Was sonst? Die haben mich einfach liegengelassen und sind abgehauen. Wenn diese Schlampe nur eine Minute gewartet hätte, wären wir alle weg gewesen."

„Aber das ist sechsundzwanzig Jahre her. Wieso also erst jetzt?"

„Wissen Sie, wie es mir in all den Jahren ergangen ist? Als der Pfarrer mich damals gefunden und in die Kirche gebracht hatte, war froh und ehrlich dankbar.

Er besorgte einen Arzt und pflegte mich gesund ohne Fragen zu stellen. Er brachte mir Gottes Wort näher und ich glaubte damals tatsächlich meine Bestimmung gefunden zu haben. Dann brachte er mich nach *Madonna della Corona*. Dort sei ich erst einmal in Sicherheit. Kennen sie das? Eine Kirche abgeschlossen von der Welt. *Ora et labora*, beten und arbeiten, den ganzen Tag, das ganze Jahr. Ich hatte die Wahl zwischen diesem Gefängnis und dem der Justiz. Dann kam ich in die Benediktinerabtei Praglia. Dort ging das so weiter. *Ora et labora*. Das war nicht das Leben, was ich mir erträumt hatte, doch dann brachten mir die Brüder die Heilige Schrift näher. Ich durfte in der Bibliothek arbeiten. Wussten Sie, dass unser Herr ein zorniger Gott ist?

Jauchzet alle, die ihr sein Volk seid; denn er wird das Blut seiner Knechte rächen und wird sich an seinen Feinden rächen…

Das gefiel mir. Diesen Weg wollte ich weitergehen. Nach zwei Jahren schickten mich die Brüder in ein Priesterseminar nach Brixen, wo ich dann auch geweiht wurde. Mein Weihbischof war vertretungsweise Kardinal Moretti, der mich gleich als Kaplan mit nach Venedig nahm. Den restlichen Werdegang kennen Sie."

„Wann haben Sie Ihren Namen geändert?"

„Schon gleich, als ich in die *Chiesa Madonna della Corona* gebracht wurde. Wenn ich schon neu anfangen musste, dann richtig."

„Und warum jetzt erst? Warum nach über zwanzig Jahren?"

„Ich wusste ja nicht, wohin diese Verräter sich abgesetzt hatten. Ich stellte mir nur immer wieder vor, wie die sich mit meinem Geld ein schönes Leben machen. Immer wieder und immer wieder."

„Ihr Geld? Das Geld, dass ihr geklaut habt."

„Das war meine Idee. Ohne mich hätten die das doch nie gemacht. Dazu fehlte ihnen der Mumm. Außerdem hätte es ja niemandem wehgetan. Die Bank ist ja versichert. Wir wollten nur ein gutes Leben und nicht wegen ein paar lumpiger Lire vor irgendeinem Chef katzbuckeln."

„Wie ging es dann weiter? Wann beschlossen Sie ihre Komplizen zu töten?"

„Mein Hass hatte sich in den ganzen Jahren immer mehr aufgestaut, aber durch meine Arbeit war ich gebunden und konnte mich nicht darum kümmern. Eines Tages schickte mich der Kardinal wieder einmal auf Inspektionstour. Diesmal waren die Pfarreien zwischen Jesolo und Caorle dran. Als ich plötzlich Salvatore gegenüberstand, explodierte ich vor Wut und Freude. Freude, weil ich endlich einen der

Verräter gefunden hatte, Wut wegen dem, was sie mir angetan hatten. Ich griff nach dem erstbesten, was ich in die Finger bekommen konnte und schlug ihm damit auf den Schädel. Kurz bevor ich ihn traf, sah ich in seinen Augen, dass er mich erkannte. Dass war meine Belohnung."

Marek wäre diesem Kerl am liebsten an die Kehle gegangen, doch er versuchte sich zu beherrschen, was ihm sichtlich schwerfiel.

„Warum haben Sie ihn anschließend so vor den Altar gelegt?"

„Weil er in Demut vor Gott büßen sollte."

„Sie sagten Capitano Mambretti, dass sie ihn auf einer Inspektionstour in der Gegend um Castelfranco kennengelernt hätten."

„Die Wahrheit konnte ich ihm ja schlecht sagen."

„Und Mori? Warum haben Sie ihm in den Kopf geschossen, nachdem Sie ihn schon erschlagen hatten?"

„Weil ich wollte, dass es nach Selbstmord aussieht und er nicht in geweihter Erde bestattet wird."

„Die Pistole, mit der Sie den Polizisten erschossen, hatten Sie aufgehoben?"

„Ja, die hatte ich gut versteckt."

„Den Kerzenleuchter, mit dem Sie Mondolo erschlagen haben und den Aschenbecher, mit dem Sie

Mori töteten, fanden wir im Piave bei San' Dona. Warum haben Sie diese Dinge dort entsorgt?"

„Das lag auf meinem Rückweg nach Venedig. Ich wollte natürlich so unauffällig wie möglich sein und bin über die Dörfer gefahren. Außerdem dachte ich, dass man die Sachen dort nicht so schnell findet."

„Wenn das Zusammentreffen mit Mondolo ein Zufall war, woher wussten Sie, wo sie die anderen alle finden konnten?"

„Nachdem ich wusste, dass einer hier in der Gegend war, habe ich alle Meldeämter abgefragt. Die haben sich fast überschlagen, als sie hörten, dass dies eine Anfrage im Namen des Kardinals war."

„Und die Polizei muss bei diesen Beamtenärschen betteln gehen", dachte Marek wütend.

„Und Vittorio Morone? Der war ja nirgendwo gemeldet."

Forsato grinste Ghetti frech an.

„Den Tipp bekam ich von einem Pfarrer aus Mel. Der hatte den Penner mal in seiner Hütte besucht und ihm Hilfe angeboten. Daher wusste ich genau, wo ich ihn finden konnte."

„Und warum ausgerechnet ein Schwert?", fragte Marek.

„Weil ich mich von Gott zur Rache berufen fühlte, wie er einst Gabriel berufen hatte, mit seinem

Schwert die Legionen des Himmels gegen das Böse zu führen."

„Und wo hatte Sie das Schwert her?"

„Im Bischofspalast in Venedig hängen einige davon an den Wänden."

„Was mich noch interessieren würde ist, wer damals in der Bank war und wer Schmiere gestanden hat", fragte Marek abschließend.

„Ich war mit Mori in der Bank. Mondolo und das Weichei Morone blieben draußen."

„Und wer fing an zu schießen?"

„Morone, er hat gleich die Nerven verloren."

„So, das war's für uns", sagte Ghetti und erhob sich. „Jetzt übernehmen die Kollegen aus Feltre. Der Mord an Rita Sacchi ist ihr Fall."

„*Der Herr ist ein eifriger Gott und ein Rächer, ja, ein Rächer ist der Herr und zornig; der Herr ist ein Rächer wider seine Widersacher und der es seinen Feinden nicht vergessen wird…*", brüllte Forsato ihnen hinterher, als Marek und Ghetti den Raum verließen.

„So ein Arschloch!", brummte Marek und steckte sich eine Zigarette an.

Denn wir kennen den, der da sagte: „Die Rache ist mein, ich will vergelten", und abermals: „Der Herr wird sein Volk richten."

Hebräer 10:30

Die Handlung und alle handelnden Personen sind frei erfunden. Übereinstimmungen mit tatsächlich existierenden Personen oder realen Ereignissen, wären rein zufällig.

Im Text enthaltene Gerichte

antipasti di mare –
Vorspeise mit verschiedenen Meeresfrüchten

cannolo (cannoli) –
Gebäckspezialität aus Sizilien. Gebäckrolle mit einer
Füllung aus Ricotta (italienischer Frischkäse), die je
nach Variante noch Schokoladenstückchen, Vanille
und kandierte Früchte enthalten kann

cornetto (cornetti) –
Hörnchen mit einer Füllung aus Vanillecreme, Scho-
koladencreme oder Marmelade

insalata di mare –
Meeresfrüchtesalat

mortadella –
italienische Wurstspezialität nach Art einer Brüh-
wurst

parmigiano reggiano –
italienischer Hartkäse (Parmesan)

penne al arrabiata –
Nudeln (Penne) mit einer Soße aus Tomaten, Chili,
Knoblauch und Speck

Prosciutto cotto –
Gekochter Schinken

prosciutto di parma –
Parmaschinken, luftgetrockneter Schinken aus der
Provinz Parma

provolone –
italienischer Schnitt- oder auch Hartkäse

spaghetti cetrioli –
Spaghetti mit einer Soße aus Tomaten und Gurken

tramezzino – *(tramezzini)* –
dreieckige, belegte Weißbrotscheiben ohne Rinde,
ähnlich einem Sandwich

triglie al cartoccio –
in Folie gegarte Rotbarben

zuccotto –
mit Eis gefüllte Kuppeltorte

Volker Jochim
im tredition Verlag

Gib mir das Gefühl zurück
Novelle
Neuauflage / September 2015

Ein Mann erfährt bei einem Besuch seiner Heimatstadt
vom Tod seines Jugendfreundes, mit dem er auch in der
68er Bewegung aktiv war, bevor sich ihre Lebenswege
trennten. Überrascht davon, wie sich sein Freund von einem überzeugten Kommunisten zu einem Unternehmer
wandelte, arbeitet er, zusammen mit der Witwe seines
Freundes, die Vergangenheit auf.

Auf einfühlsame und doch unterhaltsame Weise, wird hier
der 68er Generation ein Spiegel vorgehalten.

Nied Blues
Ein Frankfurt Krimi
Neuauflage / September 2015

Die Nacht zu Fastnachtssamstag. Eine schwarz gekleidete Gestalt mit einem auffallend weißen Gesicht eilt durch den Nebel, der von Main und Nidda kommend, in die Straßen des Frankfurter Stadtteils Nied zieht. Kurz darauf wird diese Gestalt auf der Treppe an der Wörthspitze ermordet aufgefunden. Kommissar Keller, ein kauziger, wortkarger Mann, der wegen seiner unkonventionellen Methoden bei seinem Dezernatsleiter schon lange in Ungnade gefallen ist, muss mit den Ermittlungen beginnen, bekommt den Fall am nächsten Tag aber wieder entzogen. Ein junger Hauptkommissar übernimmt und präsentiert kurz darauf einen Verdächtigen – einen Künstler, der die Tote als letzter gesehen hatte. Heimlich ermittelt Keller mit seinem Assistenten Petersen weiter und kommt zu dem Schluss, dass das Motiv dieses Mordes weit in die Zeit des zweiten Weltkrieges zurückreicht. Der Fall nimmt eine für alle völlig überraschende Wendung.

Ein spannender Frankfurt Krimi mit historischem Hintergrund.

Kommissar Mareks trügerische Idylle
Kommissar Marek wandert aus
Mareks erster Fall
Neuauflage / März 2016

Kriminalhauptkommissar Robert Marek vom Morddezernat der Kripo in Frankfurt/Main ist wegen seiner unkonventionellen Methoden bei Kollegen und Vorgesetzten nicht gut gelitten. Aufgrund seiner überdurchschnittlichen Aufklärungsquote soll er auch noch zum BKA versetzt werden, was er jedoch auf jeden Fall verhindern will. Er nimmt Urlaub und fährt mit seinem alten 2CV nach Caorle, einer historischen Kleinstadt im Veneto. Dort hofft er, eine Lösung seines Problems zu finden. Er lernt die attraktive Journalistin Silvana kennen, die ihn überredet, sich vorzeitig pensionieren zu lassen und nach Caorle zu ziehen. Sie besorgt ihm eine Wohnung und im Herbst des gleichen Jahres zieht er nach Italien.

Im Frühsommer des folgenden Jahres entdeckt Marek eine eigenartig über den Rand eines Müllcontainers drapierte Leiche. Bei der Aufnahme der Zeugenaussage lernt er den jungen Brigadiere Ghetti der örtlichen Carabinieri kennen und bietet ihm seine Hilfe bei der Aufklärung des Falles an, die der junge Mann gerne annimmt.
Nach zwei weiteren brutalen Morden scheint der Fall zu eskalieren. Sie stehen vor einem Sumpf aus Behördenkorruption und groß angelegten Grundstücksspekulationen, bis es ihnen gelingt, eine Verbindung zwischen den Morden herzustellen und ein Motiv sichtbar wird.

Dreikönigsfeuer
Kommissar Marek stößt an Grenzen
Mareks dritter Fall / April 2016

In der Nacht zu Epiphania (hl. Drei Könige) soll in der italienischen Kleinstadt Caorle im Veneto der alte Brauch des Dreikönigsfeuers wieder aufleben. Am Strand wird ein riesiger Scheiterhaufen aufgerichtet, der nachts feierlich entzündet werden soll. Auch der pensionierte, ehemalige Hauptkommissar des Frankfurter Morddezernats, Robert Marek, der nun in Caorle lebt, seine Freundin, die Journalistin Silvana Rafaeli und sein Freund, der Carabiniere Michele Ghetti wollen daran teilnehmen. Als aus dem brennenden Scheiterhaufen ein seltsamer Geruch aufsteigt, versuchen Marek und Ghetti das Feuer zu löschen. Dabei kommt eine bereits völlig verbrannte, menschliche Gestalt zum Vorschein. Am folgenden Tag konfisziert der italienische Staatsschutz die Leiche und alle Unterlagen und entbindet die Carabinieri von diesem Fall. Wer war der Tote und warum soll dieser Mord geheim gehalten werden? Marek und Maresciallo Ghetti ermitteln trotzdem weiter.

Der Fall konfrontiert sie mit der undurchsichtigen Welt der Geheimdienste, der Korruption in weiten Teilen der Politik, der Mafia und mit den kriminellen Machenschaften hinter den Mauern des Vatikans. Dabei gerät Marek in Lebensgefahr und muss einsehen, dass er gegen die Übermacht aus Politik, Kirche und Geheimdiensten nahezu machtlos ist und kaum eine Chance hat. Er ist an Grenzen gestoßen, die stärker als alle Gesetze sind.

Der letzte Kreis der Hölle
Kommissar Marek kommt ins Grübeln
Mareks vierter Fall / Dezember 2015

Die dreijährige Tochter eines deutschen Schönheitschirurgen verschwindet scheinbar spurlos aus dem Ferienhaus der Eltern in Caorle. Nach einer groß angelegten Suchaktion geht die örtliche Polizei von einer Entführung aus. Nur, es gibt keinerlei Spuren, die auf die Beteiligung einer fremden Person schließen lassen könnten. Als sich direkt nach dem Verschwinden des Mädchens plötzlich das Bundeskriminalamt einschaltet, ist Mareks Interesse geweckt. Es beginnt ein perfides Katz- und Mausspiel zwischen den Behörden, der Polizei und den Betroffenen, dessen Ende das Vorstellungsvermögen der Ermittler weit übersteigt. Obendrein ist Marek am Grübeln, ob dieser Ort für ihn noch der richtige zum Leben ist.

Tod im Kreis
Ein Mühlheim Krimi
September 2016

Privatdetektiv Henry Pieroth erhält den Auftrag den Mörder eines Mädchens zu finden. Er ahnt nicht, dass dieser Mord erst der Anfang einer Serie von äußerst bizarren und grausamen Morden ist, welche die sonst so friedliche Kleinstadt Mühlheim am Main in Angst und Schrecken versetzt und bei der eine spätmittelalterliche Dichtung eine große und tragende Rolle spielt.

Ein äußerst spannender Mühlheim Krimi um einen besonders perfiden Fall.

…des die Rache ist
Kommissar Mareks fünfter Fall
Januar 2017

Marek findet einen Pfarrer erschlagen vor dessen Altar.
Kurz darauf wird der Besitzer eines exklusiven Möbelhau-
ses tot in seinem Haus aufgefunden. Beide Opfer hatten
die gleiche seltsame Tätowierung. Marek ist überzeugt,
dass beide Morde zusammenhängen und das Motiv in der
Vergangenheit zu suchen ist. Maresciallo Ghetti versucht
die Lebensläufe beider Opfer zu rekonstruieren, kommt
aber bei dem ermordeten Pfarrer nur ein paar Jahre zurück, bis zu seinem Aufenthalt in einem Kloster. Ein Leben
davor scheint nicht zu existieren. Dann geschieht ein weiterer Mord. Die Spur führt zu einem über zwanzig Jahre
alten Fall, bei dem ein Polizist getötet wurde und der bis
heute nicht aufgeklärt werden konnte.

Ein äußerst raffinierter Fall, der Marek und Ghetti bis zu
seinem furiosen und überraschenden Finale einiges abver-
langt.

Zeitfracht Medien GmbH
Ferdinand-Jühlke-Straße 7
99095 Erfurt, Deutschland
produktsicherheit@kolibri360.de